この素晴らしい世界に祝福を！スピンオフ

この仮面の悪魔に相談を！

暁 なつめ

角川スニーカー文庫

19686

プロローグ

「ああああああ！　ぐああああああああ‼　ぬああああああああーっ‼」

その日、我輩《わがはい》は黒焦《くろこ》げの何かを前に猛《たけ》り狂《くる》っていた。

目の前に転がる黒焦げの何かとは、ちょっと前までこの店の主《あるじ》だった物体だ。

「この我輩ともあろう者が抜《ぬ》かったわ！　この消し炭店主の特殊《とくしゅ》能力を舐《な》めておった！

まさかあれだけの大金を一瞬《いっしゅん》で使い切るとは……‼」

頭を抱《かか》えて蹲《うずくま》る我輩に、店主だった物が声を発した。

「う……うう、バニルさん……。私としては、良かれと思って……。品質に間違《まちが》いはありません、売れるんです……、きっと、きっと売れるんです……」

この期《ご》に及《およ》んでまだそんな戯言《たわごと》を言うのは、至高のアンデッドと呼ばれるリッチーにして、この魔道具《まどうぐ》店の名ばかり店主、ウィズ。

「こんな高価な石ころが売れてたまるか！　万年金欠の駆《か》け出し冒険《ぼうけん》者しかいないこの街で、一体誰《だれ》がこんな物をっ！」

微《かす》かな声で食い下がるポンコツ店主に言い返しながら、足下《あしもと》に山と積まれた石を見る。

それらはマナタイトと呼ばれ、一度だけ魔力を肩代《かたが》わり出来る石で、魔法使い職の冒険者達が最低一つは持っている使い捨てアイテムだ。

だが。

「マナタイト自体は売れ筋商品だが、なにゆえ最高品質のマナタイトなどを買い占《し》めたのか理解出来ぬわ！　一つ数千万もするマナタイトなど誰が買うか！　そんな物を買うくらいなら、同じく使い捨てアイテムであり誰にでも簡単に使える、魔法が封《ふう》じられたマジックスクロールを大量に買うわ！」

そうなのだ。

目の前に転がる石ころ一つで、数百本のマジックスクロールを購入《こうにゅう》できる。

早くも回復してきたのか、ウィズがよろよろと身を起こす。

「し、品は最高品質なんです、大事に取っておけば、いつか通りすがりの大魔法使いが、これは良い物だと買い占めてくれたり……」

「そんな奇特《きとく》な大馬鹿者《おおばか》がいてたまるか！　ああ、なんて事だ……。あの金を元手にこの街にカジノを造り、あぶく銭《ぜに》を手にするはずが……」

先日、とある小僧《こぞう》から巻き上げた莫大《ばくだい》な富を産む知的財産権その他は、全《すべ》て高額で転売してしまった。

それもこれも、更《さら》なるステップとしての投資資金を得るためだったのだが……！

「このポンコツ店主め！　なぜだ⁉　なぜ汝《なんじ》は働けば働くほどに赤字を生むのだ！　その忌《い》まわしい呪《のろ》いはどうにか解呪《かいじゅ》出来ないのか⁉」

「わ、私は特に呪われているわけでは……」

「……くっ、なぜ我輩は、このような世にも奇特な店主の下《もと》で金を稼《かせ》がねばならぬのだ……。人間だった頃《ころ》の汝はもっとこう、誰もが注視し自《おの》ずと従う、そんなカリスマを持つ優《ゆう》秀《しゅう》な人間だったはずなのに……！　ウィズ、小遣《こづか》いをやるから十年ほど旅をしてこい。その間に我輩が、この店をアクセル一の魔道具店に……」

「嫌《いや》ですよ、私だけ仲間外れにしないでください！　それに、年中変な仮面を被《かぶ》ったバニルさんにだけは奇特な店主呼ばわりされたくないですよ！」

「あの忌まわしい女神《めがみ》に続き、貴様までもが我輩の仮面を愚弄《ぐろう》するのか！」

全てを見通す地獄《じごく》の公爵《こうしゃく》。

元魔王《まおう》軍幹部の大悪魔《だいあくま》。

それらの名で呼ばれ恐《おそ》れられてきたこの我輩が、今ではしがないバイトである。

その昔、この店主がまだ人間だった頃、この我輩と互角《ごかく》に近い勝負を繰《く》り広げたものなのだが……。

肩《かた》を落としため息を漏《も》らす我輩に、未《いま》だ頬《ほお》を煤《すす》だらけにしたウィズが言った。

「バニルさん、大丈夫《だいじょうぶ》です！　なにせリッチーの私と悪魔のバニルさんには寿命《じゅみょう》というものがありません！　地道にこつこつ稼いで、いつかはアクセル一……。いいえ、世界一の大商会を目指して頑張《がんば》りましょう！」

世界一の大商会か。

我輩が店主をやれば、それも不可能ではないのだが……。

「その暁《あかつき》には、あの時交《か》わした契約《けいやく》通り、手に入れた莫大なお金と私の魔法でバニルさんに世界一のダンジョンをプレゼントしますから！」

両の拳《こぶし》を握《にぎ》り締《し》め、やる気に満ち溢《あふ》れているウィズを見る。

くそ、この店主は悪気は無いところがタチが悪い。

……しかたない。

我が夢のため、そして、放《ほう》っておけば間違いなく店を潰《つぶ》すであろう、このおかしなリッチーのため。

「私は一人でお店を盛り上げたいんじゃないんです、大切な仲間や友人と一緒《いっしょ》に盛り上げたいんです。私も新商品を考えてみたりと、頑張りますから……！」

もう少しだけ、頑張ってみようか……！

「というわけで、まずはこのカタログにある商品を見てくださいバニルさん！　ほら、これ！　売れると思って見本を取り寄せておいたんですが、早速《さっそく》一緒に試《ため》してみましょう!!」

相談屋はじめました
第一話

1

——ウィズ魔道具店。

とても一等地とは言えない裏路地にひっそりと佇《たたず》むこの店は、ここ、駆け出し冒険者の街アクセルにおいて、ある意味でとても有名な店だった。

「バニルさん、マナタイトを買い占めてしまった件に関しては本当に申しわけなく思ってます。その分は不眠不休《ふみんふきゅう》で頑張って働きます。だって、私リッチーですから休まなくても死にませんし。あっ、でも不眠不休っていうのはあくまでもたとえ話であってですね、本当に一睡《いっすい》もしないってわけじゃあ……」

その理由の一つとしては、見目麗《みめうるわ》しい元凄腕《すごうで》冒険者が経営する魔道具店だからというものがある。

「ねえバニルさん、機嫌《きげん》直してくださいよ、なんなら私、今日は営業頑張ってきますから！　実はこれでも、営業はかなりのものなんですよ？　マナタイトの件もそうですけど、まけてもらうのは得意なんです。こないだも八百屋のおじさんに『ウィズさん、今日も顔色悪いねえ。いくらお金がないっていっても、毎日もやしばっか食ってないでちゃんと栄養摂《と》らないと』って、大根一本おまけしてもらったり……」

だが、最大の理由は……。

「ねえウィズ。このぴょんぴょこ動くバネのおもちゃは何？　ちょっと興味深いんですけど」

「あっ、さすがはアクア様、お目が高いです！　それはですね、『カエル殺し』と呼ばれる魔道具です！　この街の近くにはジャイアントトードがたくさん現れますよね？　そこで、カエルの前にその魔道具を置くんです！　その愉快《ゆかい》な動きはジャイアントトードにとって極上《ごくじょう》の餌《えさ》に見えるらしく、その辺に置くだけで簡単に食いつきます。すると炸裂《さくれつ》魔法が封じられたその魔道具は、カエルもろとも木っ端《ぱ》みじんに……！」

「凄いわ！　あの憎《にく》たらしいカエルもこれさえあれば怖《こわ》くないわね！」

「そうでしょう!?　この魔道具のお値段は二十万エリスです！　これでカエルの繁殖《はんしょく》期だって怖くありません！」

ちなみにジャイアントトード討伐《とうばつ》の報酬《ほうしゅう》は、カエル肉の買い取りも合わせ、一匹《いっぴき》二万五千エリスである。

この店が有名な最大の理由。

それは、役に立たないガラクタばかりを売る、この店主の商売センスが原因だった。

「あの強敵が屠《ほふ》れるのなら、これは買いかもしれないわね。私はゼル帝《てい》を買ったおかげで手持ちがないから、カズマさんにおねだりしてみようかしら」

「ぜひお願いしますアクア様！　きっとカズマさんも、この魔道具の素晴《すば》らしさを分かってくれるはずですから！」

我輩《わがはい》は作業を中断すると、店主と同レベルの感性を持つ忌まわしい青髪女《あおがみ》を睨《にら》み付けた。

「用も無いのにちょくちょく茶を飲みに来るタカリ女神よ、ウチの欠陥《けっかん》店主が勘違《かんちが》いするので、調子に乗らせる言動は慎《つつし》んでもらおう。……というか貴様は一体何なのだ？　毎日毎日そんなに暇《ひま》を持て余しているのなら、あの貧弱な小僧に構ってもらうがいい」

茶を啜《すす》りながらバネ仕掛《じか》けのおもちゃで遊ぶこの女は、これでも一応は女神らしい。

らしいというのは、神々《こうごう》しい光は放つものの、その言動を見ている身としては、これが我々悪魔の宿敵とは思いたくないからだ。

「なによ、最近はこのお店に迷惑《めいわく》掛けてないはずよ？　こないだまでは混《こ》んでたこのお店も、今は見ての通り客なんて来ないしいいじゃない。それにカズマさんたら、暑いから外に出たくないって言って部屋中にフリーズの魔法を掛けて引き籠《こ》もってるのよ？　涼《すず》しくなる夕方頃《ごろ》じゃないと起きてこないから、それまでの間暇なのよ」

本当に、これが我々の宿敵である女神などとは認めたくない。

「で、あんたはさっきから何してんの？」

青髪女は遊んでいたバネ仕掛けのガラクタを机に置くと、我輩の手元に目をやった。

我が手元には、書きかけの書類。

そして足下《あしもと》には、考えている内にボツとなった紙が丸められ、無造作に捨てられている。

「新たな儲《もう》け話を考えているのだ。なにせ、そこの茶飲み店主の手により我が成り上がり計画がパーになったからな。……実は、このままでは今月の店の家賃すら危《あや》うい状態でな。最悪、我輩がよその店でバイトをする必要すらあるのだ。貴様も神を自称《じしょう》するのなら、日々散財店主に悩《なや》まされている迷える我輩に道を示してくれてはどうか？」

よほど暇なのか、先ほどから何かと絡《から》んでくる青髪女に、我輩は期待もせず尋《たず》ねてみる。

「神を自称だとか、あんた私に喧嘩《けんか》売ってんの？　神の叡智《えいち》をタダで授《さず》けてもらおうだなんて虫が良すぎるんじゃないかしら。確実に儲かる素晴らしい案があるけど、教えてくださいってお願いするのなら考えてあげてもいいわ」

「そんな案があるんですか⁉　ぜひ教えてくださいアクア様！」

あっさりウィズが食い付く中、青髪女の意外な言葉に、我輩も手を止め顔を上げる。

「ふふ、まあ聞きなさいな。女神《めがみ》であるこの私が降臨したからには、いずれ魔王は倒《たお》されるでしょう。すると平和になった人類は人口も増加の一途《いっと》をたどり、数百年もすれば人の住める土地も足りなくなるわ。そこで、土地転がしよ！　土地転がしをするの！　今の内に土地をたくさん買っておくのよ！　これは不死であるあんた達にだけ可能な手よ！」

「凄いですアクア様、それなら確実に儲かります！　バニルさん土地です！　土地を買いましょう！」

土地は持っているだけで税金が掛かるだとか、そもそも土地を買う金はどうやって手にするのだという無粋《ぶすい》なツッコミはせず、我輩は無言で立ち上がる。

「落ち着きなさいなウィズ。私は、確実に儲かる案が一つだけだとは言っていないわ。他《ほか》にもたくさんあるのよ？　今のは時間が掛かるけど確実に儲かる方法。それとは別に、短期間で大金を稼《かせ》ぐ方法があるわ」

「聞きたいです、その案もぜひ聞きたいですアクア様！」

……我輩は考えを纏《まと》めるため、やかましい店から逃《に》げる様にして外に出た。

2

「——む？」

それは店を出て間もなくの事だった。

新たな商売案を考えながら街をぶらついていた我輩の目に、ある光景が飛び込んでくる。

「おい、随分《ずいぶん》と可愛《かわい》い顔したお嬢《じょう》ちゃんだな。なあ、俺達と一緒に遊びに行こうやー？」

「へへへ、そうそう、面白《おもしろ》い所に連れてってやるよー」

あまり人が通らない裏路地で、二人組の青年が一人の少女をナンパしていた。

そんな光景自体はどこにでもあるのだろうが、ナンパをしている二人が棒読みなのが気になるところだ。

更《さら》に言うのなら、その二人組はこの様なセリフを吐《は》く人種には見えない格好をしている。

というか、どこから見てもごく普通《ふつう》の平凡《へいぼん》な青年だ。

そしてそんな状況《じょうきょう》を、建物の壁《かべ》にカエルの様にぺたりと張り付き身を隠《かく》し、頭だけを覗《のぞ》かせて様子を窺《うかが》う男がいた。

くすんだ金髪《きんぱつ》のその男は、どうやら助けに飛び出すタイミングをはかっている様だ。

変わった行動を取る金髪の男も気になるが、何よりも絡まれている少女に目を惹《ひ》かれる。

腰《こし》に短剣《たんけん》とワンドを挿《さ》し、紅《あか》い瞳《ひとみ》を持つ少女。

あれは、生まれつき高い魔力《まりょく》を有し、生粋《きっすい》の魔法使いにして変わった名前と感性を持つネタ種族、紅魔族《こうまぞく》に間違《まちが》いない。

「……。……？　……ッ!?　わ、私!?　遊びに、って、ひょっとして私に言ってるんですか!?　わ、私なんて別に可愛くないし……、一緒《いっしょ》にいてもつまらないと……思うんですけど……。ほ、本当に、私と遊んでくれるんですか？」

紅魔族の少女は突然《とつぜん》の声掛けに戸惑《とまど》いながらも、俯《うつむ》きながら恥《は》ずかしげに、小さな声で自信なさ気に呟《つぶや》いた。

それを聞いた青年達は、一瞬呆然《いっしゅんぼうぜん》とした表情を浮《う》かべると。

「そ、そんな事ないって！　いや、キミ可愛いよ！　一緒に遊ぼう、ぜひ遊ぼう！　近くにいい店知ってるんだよ！」

「うん、そこで飯食べてさ、その後三人で演劇場でも……！」

先ほどの嫌《いや》そうな棒読みはどこへやら、急にテンションが上がって本気で口説き始めた二人の青年。

その予想外の展開に、建物の壁に張り付き様子を窺っていた男は慌《あわ》てて飛び出し。

「おいテメーら、いい度胸じゃねーか！　自分の役割忘れるんじゃねえよ、ぶっ殺すぞ！」

そんな事を叫《さけ》びながら、少女と青年達の下《もと》へと駆《か》け出した。

——二人の青年が慌てて逃げた後には、紅魔族の少女と金髪の男が取り残されていた。

目付きの悪い金髪の男は、フッと余裕《よゆう》の笑《え》みを浮かべると。

「……危ないところだったな。俺が通りがかったからいいものを、そうでなかったらお前さん、あの二人のケダモノに大変な目に遭《あ》わされるとこだったんだぜ？」

「えっ……？　えっと……。その……」

その言葉に戸惑う少女に、金髪の男は早口で。

「つまり、俺はあんたの恩人でありヒーローってわけだ、だろ？　そこんとこが分かったなら、お前さんの奢《おご》りで一緒に食事にでも行こうじゃねえか。ほら、この先にいい店があんだよ。ほら来いって。なあええやんけ！　ほら、早く来いって！」

「やめっ……！　ちょ、ちょっと止《や》めてください、止めてください！　人を呼びますよ！　というか、痛い目に……！」

我輩は楽しそうな事をしている男の背後に近付くと、その背中を蹴飛《けと》ばした。

「ぐあっ!?　な、何しやがんだてめえっ、この俺に喧嘩を売るなんてどこのどいつ……。だ、誰《だれ》？　本当に、どこのどいつだよお前!?」

背中を蹴られ慌てて振《ふ》り返ったその男は、我輩を見て後ずさる。

と、紅魔族の少女がワンドを引き抜《ぬ》き身構えた。

「悪魔……！　辺りに漂《ただよ》う邪悪《じゃあく》な気配と怪《あや》しげなその仮面。この人絶対悪魔ですよ！　それも感じられる魔力からして、恐《おそ》らくは最上位クラスの大悪魔……！」

我輩が悪魔だと一目で見抜《みぬ》いた紅目の少女に、思わず感心してしまう。

「ああ!?　最上位クラスの大悪魔だあ？　それが何だってんだよ、俺はこの辺りでも名の通った腕利《うでき》き冒険《ぼうけん》者だ、悪魔なんぞにビビると思ってんじゃねえぞ!!　俺の事はダストって呼んでくれればいいぜ、悪魔の旦那《だんな》！　ちなみに金は持ってねえ、靴《くつ》を舐《な》めろってんなら舐めてやってもいいが、もちろん命だけは助けてくれるんだろうな!?」

我輩が悪魔だと聞いて見事に手の平を返した金髪の男にも、思わず感心してしまう。

「紅魔族が相手では、悪魔ではないとごまかすのも難しいか。なに、危害を加えるつもりはない。我輩の名はバニル。地獄《じごく》の公爵《こうしやく》にして全《すべ》てを見通す大悪魔、バニルである」

3

紅魔族の少女の警戒《けいかい》を解かせた我輩は、二人を伴《ともな》い人気《ひとけ》の無い空き地に来ていた。

「――という事情により、我輩はこの街のとある店でアルバイトをして暮らしておるのだ。魔王軍幹部であったのも過去の話。今では、ご近所のマダムと井戸端《いどばた》会議をしたり、ゴミ出しのルールを守らぬ不届き者を叱《しか》りつけたり、ゴミ捨て場を漁《あさ》るカラスを追い払《はら》ってカラススレイヤーのバニルさんと呼ばれたりと、善良なアクセル市民として評判なのだ。よって我輩を敵視する必要はない。分かったか、紅魔族の娘《むすめ》よ」

我輩はアクセルの街での今までの暮らしを語り終えると、次はそちらの番だと視線を向ける。

ダストと名乗った金髪のチンピラは、腕を組んだまままため息を吐《つ》いた。

「……なるほどな。いや、怪しげな格好をしたヤツに突然蹴り飛ばされたから、最初は何事かと思ったぜ。それじゃあらためて名乗らせてもらうが、俺の名はダスト。見ての通りの冒険者だ。この街ではちっとは名が売れてるから、困った事があったら言ってくれ」

……ダスト？

我が見通す眼《め》に映るこの男の本当の名は、別の名前を示しているのだが。

「普段《ふだん》は大体冒険者ギルドで酒を飲みながら、弱そうな新人冒険者を教育してやっている。ちなみに彼女はいない。お前さんがタチの悪いチンピラAとチンピラBに絡《から》まれてたところを颯爽《さっそう》と助けた俺だが、後から乱入したバニルの旦那の手前、礼は強制しないからな。どうしてもお礼がしたいっていうのなら、体で払ってもらってもいいぞ。そしてもう一度言うが彼女はいない」

我輩《わがはい》の疑問をよそに、紅魔族の少女に対し、俺が助けたと言い張りながら謎《なぞ》のアピールをするダスト。

「あ、あの、私って助けられたんですか？　ていうか、あの男の人達って最初挙動が不審《ふしん》だったんですけど、ダストさんが現れたタイミングといい、ひょっとしてマッチポンプってやつじゃ……」

おずおずと言ってくる紅魔族の少女。

「そこのチンピラCがマッチポンプを行ったかどうかはおいておき、チンピラCに絡まれたところを最終的に助けたのは我輩である。我輩も礼は強制しないが、礼をしたいというのなら金銭でよいぞ。ちなみに礼をしなくば汝《なんじ》には、一生友人が出来なくなる呪《のろ》いが降り掛《か》かり……」

「止めて！　あなたとは初対面のはずなのに、どうしてピンポイントで私が嫌がる呪いを掛けるの!?」

悲鳴を上げながら涙目《なみだめ》になる紅魔族の少女。

ひとしきり騒《さわ》いだその少女は、気を取り直した様に咳払《せきばら》いすると一歩下がり。

そしてバッとマントを翻《ひるがえ》すと、真面目《まじめ》な顔でワンドを構え、ポーズを取った。

「我が名はゆんゆん！　アークウィザードにして、上級魔法を操《あやつ》る者。紅魔族随一《ずいいち》の魔法の使い手にして、やがて紅魔族の長《おさ》となる者！」

「俺に喧嘩《けんか》売ってんのか？」

「ちちち、違いますっ！」

真顔で問うダストに、慌てて紅魔族の少女、ゆんゆんが涙目で両手を振った。

「フワハハハハハ！　さ、さすがは生まれながらのネタ種族！」

「や、止めてえ、ネタ種族じゃありません！　紅魔族の正式な名乗りだから仕方ないじゃないですか！」

ゆんゆんが泣きながら食って掛かる中、ダストが言った。

「……で、お前さんはこんな天気の良い真っ昼間に、一体何を暇《ひま》そうにこんな何も無い所をほっつき歩いてたんだ？　人通りが少ない裏路地だからこそ、俺はあそこで知り合いを使ってナンパしてたんだぞ。この街はよその街に比べて格段に治安が良いらしいが、それにしたってガラの悪いのだっているんだからな？」

お前が言うなと言うべきだろうか。

「とうとうマッチポンプって認めましたね。っていうか、アレをナンパと言い張るのはある意味凄《すご》いですね。……そ、その……。私の知り合いって、皆《みんな》変わった人ばかりで……。だから、普通の人が通らない所の方が、はち合わせるかなあ……って……」

…………。

「なんだ貴様、誰かに偶然《ぐうぜん》会いたくて意味もなくこんな所を散歩していたのか？　会いたければ友人なり知人なり、直接会いに行けばよいものを」

我輩のその言葉に、ゆんゆんは慌てて首を振る。

「そ、そんな……！　約束も無しにいきなり訪ねたりして、相手が忙《いそが》しい時だったりしたら……。そ、それにいきなり行って、用も無いのに会いに来るなって、き、嫌《きら》われたりしないかなって……」

そんな事を言っていたら、一体その友人とは何時《いつ》会えばいいのだろうか。

我輩がそんな事を考えていると、友人だのといった言葉から最も無縁《むえん》そうな男が、突然意外な事を言い出した。

「……ったく、なんだなんだ？　お前さんダチもいねえのか？　しょうがねえなあ……。それじゃあ丁度暇な事だし、この俺がお前の友人作りに協力してやるよ」

チンピラの様な見た目のわりに、こやつは意外と出来た男なのだろうか？

人の真価をも見通せる自慢《じまん》の我が目を疑っていると、ゆんゆんも不思議そうな表情でダストの顔をふと見上げ。

「あの……。初対面の私に、あなたはどうしてそんな事までしてくれるんですか？」

そんなゆんゆんにダストが言った。

「お前に女友達が出来たらよ。……俺にも可愛《かわい》い女友達、紹介《しょうかい》してくださいい……」

「ちょっとだけ感動してた私の気持ち、返してください」

今日も我輩の見通す眼は絶好調の様だ。

「よし。ではこの幸薄《うす》そうな娘にどうやったら友人が出来るかを考えるか。これも何かの縁《えん》だ、この我輩も手伝ってやろう。なに、友人が出来た暁《あかつき》には幾《いく》ばくかの心付けを戴《いただ》ければそれでいいぞ」

「俺にもお礼を忘れんなよな、可愛い女友達だぞ？」

「…………あ、あの……。私、もう帰ってもいいですか……？」

4

不安そうな表情のゆんゆんを連れた我輩は、とあるオープンカフェの一角に腰《こし》を落ち着けた。

店の外に置かれたシャレたテーブル席で作戦会議だ。

……と、席に着いた我々に、ウェイトレスが注文を取りに来る。

「いらっしゃいませお客様。ご注文はお決まりでしょうか……？」

「水くれ水。金がねーんだよ」

開口一番でそんな事を言いだすダストに、ウェイトレスがこめかみをひくつかせる。

「ああっ……！　あの、ダストさんバニルさん、お二人は一応私のために協力してくれるわけですし、私が出しますから、何か……」

ウェイトレスとダストに気を遣《つか》ったのか、ゆんゆんがメニューを差し出した。

それを受け取ったダストが、おっ、悪いなと言いながらメニューを見る。

この男は初対面の年下の少女に奢《おご》ってもらう事に何の抵抗《ていこう》も無いらしい。

その間に我輩もメニューを開き、ざっと見て……。

「ふむ。娘よ、汝のオススメ料理などはあるか？」

我輩のその言葉に、ウェイトレスはにこやかなスマイルを浮《う》かべて言った。

「オススメですか！　こちらの、野良《のら》しいたけのスパゲティが当店自慢の一品ですよ！」

言いながら、ウェイトレスはメニューに描《えが》かれているスパゲティを指差した。

「ほう、これは美味《うま》そうだな！　この季節の野良しいたけといえば旬《しゅん》ではないか！」

「そうなんです！　捕《つか》まえるのに苦労する分、この時季一押しのメニューです！」

「では我輩は水だけもらおう」

「…………」

ウェイトレスの悪感情、大変に美味である。

「す、すいません！　私、そのオススメスパゲティをください！」

ゆんゆんが慌《あわ》てて野良しいたけスパゲティを注文すると、何かに耐《た》える様子のウェイトレスが、かしこまりましたと言って注文を取る。

メニューを眺《なが》めていたダストが言った。

「おいおい何だよこの店は、酒も置いてねーのかよ、しけてやがんなあ……。飲むもんねーよ。俺も水くれ」

「すいません！　私の連れが本当にすいません！　すいませんっ!!」

──我輩とダストの前には水が置かれ、ゆんゆんが居心地《いごこち》悪そうな顔で料理を待つ。

現在会議は難航していた。

というのも、我々の出した画期的な案の数々をゆんゆんがことごとく却下《きやっか》するのだ。

ダストが顔をしかめて腕を組み。

「……じゃあこんなのはどうだ。まず俺が、気の弱そうなヤツにぶつかって因縁《いんねん》を付ける。暗がりに引きずり込む。散々脅《おど》したところでお前さんが現れて……」

「ダメですよ！　さっきからどうしてマッチポンプの方向にばかりいくんですか！」

我輩にもそのダストの案は良案だと思えたのだが、これもダメらしい。

……では。

「まず我輩が、貴様と同年代ぐらいの少女に化ける。その姿のままでぺろんと脱皮《だっぴ》をしてやろう。少女の姿を模した我輩の皮に、名前を付けて後生大事に持ち歩くというのはどうか」

「嫌《いや》ですよ！　それ何の解決にもなってないですし、ハタから見たら私、危ない子じゃないですか！」

これもダメか。

と、ダストが急にソワソワし。

「……バニルの旦那《だんな》。旦那って、どんな姿にでもなれるのかい？　その……。例えば、全《ぜん》裸《ら》の美女に化けてもらって脱皮とかって……。お、おい冗談《じようだん》だよ！　冗談だからその目は止《や》めろよ……！」

そしてゆんゆんにジト目で見られ、若干《じやっかん》怖《お》じ気づいた顔になる。

しかしどうしたものか。

「そもそもどんな友人が欲しいのだ？　ここまでは譲《ゆず》れないという最低ラインはあるのか？」

まずはその辺を聞いておかねばならない。

例えば、同じ年齢《ねんれい》の同性でもこんな性格は嫌だ、こんな趣味《しゆみ》の相手がいい、だの……。

「えっと、できれば同性がいいですけど。い、いえ……！　その、そこまでワガママは言いません、一緒《いっしょ》におしゃべりしたり散歩したり、そんな事をしてくれる人なら、子供でもおじいちゃんでも……。あ、あの……。人外の場合は、せめて言葉が通じる相手までが最低ラインでしょうか……」

深刻な顔をしたゆんゆんが膝《ひざ》の上で拳《こぶし》を握《にぎ》り、そんな事を……。

「「……お前……」」

「な、何ですか？　どうして二人とも、そんな可哀想《かわいそう》な人を見る目を向けるんですか⁉」

ゆんゆんが半泣きで抗議《こうぎ》してくる中、先ほどのウェイトレスがゆんゆんのスパゲティを持ってくる。

そのウェイトレスに。

「なあ姉ちゃん。いきなりだけど、こいつのダチになってやってくれよ……。悪いヤツじゃないんだ、少し不器用で周りに気を遣いすぎるだけで……」

「や、止めて、止めてぇ！　だ、大丈夫《だいじょうぶ》ですから！　私、友達少なくてもやっていけてますから！　オセロとかボードゲームとかがあれば、一人で何時間だって潰《つぶ》せますし大丈夫です！　昔、冒険者《ぼうけん》ギルドの掲示板《けいじばん》に仲間募集《ぼしゅう》の紙を貼《は》った事もあるんです。それでもまともな人は来なかったし、もう半分諦《あきら》めてますから、一人でも大丈夫ですから‼」

恥《は》ずかしさに震《ふる》えるゆんゆんが、泣きながらダストを止めている。

……冒険者ギルドの掲示板。

……掲示板？

「閃《ひらめ》いた！　我輩《わがはい》、素晴《すば》らしい案を閃いたぞ!!　植物しか友達がいない紅魔《こうま》の娘《むすめ》も、新たな儲《もう》け話はないかと悩《なや》む我輩も、両方助かる名案が！」

「植物だけじゃないです、一応私にだって、人間の友達もいますよ！」

「お前、植物を友達扱《あつか》いされる事は否定しないのかよ！　っていうか旦那、俺は!?　両方助かる名案って、俺だけ外されてるんだが！」

ダストの戯《ざ》れ言を聞き流し、こうしてはおれぬとばかりに立ち上がる。

「紅魔族の娘よ、付いてこい！」

「お、おいバニルの旦那、俺にも女友達が出来るんだろうな!?」

ダストが我が後ろに続く中、ゆんゆんも慌てて立ち上がり、

「ええっ、ちょ、ちょっと待って！　私、せっかく頼《たの》んだスパゲティまだ食べられてない……！」

そんな事を言いながら、後を追おうと……！

「お客様、お会計を……！」

「ああっ！　す、すいません！　ごめんなさい、ごめんなさいっ！」

5

やって来たのは冒険者ギルド。

入り口の扉《とびら》を押し開けると、我輩は目に付いたギルド職員を捕まえた。

「そこの娘！　我輩はウィズ魔道具店で真面目《まじめ》に働くバイト員、バニルと申す。汝《なんじ》にちと頼みがある！」

「バ、バニルさん⁉　あの、今日はどういったご用でしょうか……？　ここは、日夜モンスターや魔王軍と戦う冒険者達が集《つど》う場所。ですのであなたの場合、ここにはあまり近づかない方がよろしいかと……」

ただの善良なアクセル市民である我輩に対し、慌てた様に辺りを見回しながらおかしな事を耳打ちしてくる職員。

「汝がなにを言っているのかは分からぬが、ここは冒険者ギルドだろう？　困り果てた住人達が、自らの手に負えない悩みを抱《かか》え駆《か》け込んでくる場所だ。ならば、困り果てたか弱い我輩が、こうして駆け込む事もあるだろう」

「バニルさんの方こそちょっとなに言っているのか分かりませんが、まあいいでしょう。

要するに依頼《いらい》を出したいという事ですか？　この街にいる冒険者は駆け出しばかりですよ？　あなたが困り果てる案件だとか、ハッキリ申しましてあまり聞きたくないのですが。魔龍《まりゅう》の討伐《とうばつ》だとか亜神《あじん》退治だとか、そういった案件でしたら王都の冒険者ギルドに行かれた方が……」

「なぜ平凡《へいぼん》な一市民である我輩がそんな物騒《ぶっそう》な依頼を出さねばならんのだ。依頼を出しに来たのではない、むしろその逆である。このギルドの隅《すみ》っこを貸して欲しい」

我輩が出した提案に、職員はキョトンとした顔で動きを止める。

「……は？」

「もう一度言おうか。冒険者ギルドの酒場の一角を貸して欲しいのだ。……なぜ唐突《とうとつ》にこんな事を言い出したかというと、口に出すのも恥ずかしいのだが、我輩がバイトをしている、とある魔道具店の経営が上手《うま》くいっていなくてな」

「それはもちろん知ってます」

さすがはギルド職員、情報が早い。

「で、だ。実は売れ筋商品がほとんどない今、我輩が店にいてもいなくても、売り上げに変わりはなくてな。このままでは今月の家賃も払《はら》えぬのだ。そこで新たな売れ筋が出来るまでで良いので、ここで独自に依頼を受けさせて欲しい」

「ええー……」

我輩の言葉を聞き、泣きそうな顔をするギルド職員。

それはそうだ、我輩が言っている事は、冒険者ギルドを通さず依頼を受けたいという事。

ギルドとしては、そんな横紙破りを許可出来るはずもない。

だが……。

「依頼を受けたいのなら冒険者になればいいと言うのだろう？　しかし、理由は言えないのだがこれがなかなか難しくてな。我輩には、冒険者になれない致命的《ちめいてき》な事があるのだ」

「冒険者になれない致命的な事でしたら、それはもちろんよく分かってますが。しかし、バニルさんが依頼を受けたい、ですか……。この辺りのモンスターを軒並《のきな》み狩《か》られて生態系を壊《こわ》されますと、アクセルが駆け出し冒険者育成の街として機能しなくなるので、できれば控《ひか》えて頂きたいのですが……」

「なぜ我輩がモンスターの生態系を破壊《はかい》せねばならんのだ。何度も言うが、我輩は善良なる一市民である。その様な物騒な話ではない」

先ほどから妙《みょう》な事ばかり口走る職員に、我輩はあらためて姿勢を正すと本題を口にした。

「——この事は冒険者ギルド上層部の者は既《すで》に知っており、今更汝《いまさらなんじ》を口止めするのもおかしな話かもしれないのだが……。驚《おどろ》くなよ？　実は我輩は、目にした相手の過去や未来を見通せるという特殊《とくしゅ》な力を持っているのだ……！」

「それももちろん知ってますって」

6

「——勘弁《かんべん》してくれよバニルの旦那、速過ぎるだろ……！」

「はあ……はあ……、お、置いてかないでくださいよ……」

遅《おく》れてやって来た二人に愚痴《ぐち》をこぼされる中、職員から営業許可をもらった我輩は上機嫌《じょうきげん》でそれを告げる。

話を聞き終わったゆんゆんが、首を傾《かし》げて聞き返してきた。

「『相談所』……？　一体何の相談所なんですか？」

「——ははーん。さすがは旦那、考えたな」

不思議がるゆんゆんとは対照的に、ダストは意外にも我輩の考えに気付いたらしい。

「ど、どういう事ですか？　ダストさんが気付いて私が気付かないって、何気にちょっとショックなんですが……」

「お前、大人しい顔して結構キツい事言いやがるな。いいか、お前さんは出会いが欲しい。で、バニルの旦那は相談所。……ほら、ピンとこないか？　そう、会費を払えば素敵《すてき》な相手を紹介《しょうかい》してくれる、結婚《けっこん》相談所や出会い相談所ってやつさ」

全く気付いていなかった様だ。

「いや、そういういかがわしい類《たぐ》いの話ではない。我輩が考えたのは……」

「紅魔の里の外にはそんな素敵なものがあったんですね！　払います！　会費でも何でも払いますから、ぜひ素敵な友人と出会わせてください！」

……出会い相談所でもいい気がしてきた。

いやいや、そうではない。

「我輩がやりたいのは、もっと真っ当な商売だ」

それはこの街の住人達の悩み相談所である。

冒険者達の手に負えない相談事を、我輩の見通す力で解決しようというわけだ。

未来を見通す力で容易《たやす》く金銭を稼《かせ》ぐと、ロクでもない目に遭《あ》ったり予想もしない手痛いしっぺ返しを食《く》らう事がある。

強力な力の安易な行使や悪用は、何の因果かそれに比例する反発を生むのだ。

だがこの力を使って困っている人々を助け、その正当な報酬《ほうしゅう》として代価を戴くのであれば、力の行使による我輩への反発も最小限に抑《おさ》えられる事だろう。

「討伐などの危険な仕事以外にも冒険者ギルドには依頼がくる。脳筋冒険者にはこなせない仕事でも、我が力があれば解決する事も容易いだろう」

実は以前、冒険者ギルドの職員から多額の報酬を条件に、とある大物賞金首に関して占《うらな》って欲しいと頼まれた事があった。

その時依頼されたのは、この街に潜《ひそ》んでいると噂《うわさ》の、仮面を被《かぶ》った盗賊《とうぞく》団の居所だった。

だがどうした事か、我輩の力を以《もっ》てしても賞金首の潜伏《せんぷく》先は発見出来なかったのだ。

見通そうとしてもやたらと眩《まぶ》しく、遂《つい》には捜索《そうさく》を断念した。

その時だ。この力で安易に金銭を得ようとするのは難しいのだと知ったのは。

我輩がとある小僧《こぞう》から巻き上げた大金をウィズに使い込まれた事も、もしかすると力の反動なのかもしれぬ。

……まあ、それはともかく。

「まずは、ここで色んな人々の悩みを聞きながら腕利《うでき》きの占い師として名を馳《は》せる。するとどうだ？　この街の住人は、我輩の言う事なら容易く信じる様になるだろう。そこで住人達の信用を得た我輩は、今度は力は使わないまま告げるのだ。『今月のラッキーアイテムはウィズ魔道具店の不良在庫。これが、思わぬ出会いをもたらすだろう……』と」

「なるほど、旦那《だんな》は賢《かしこ》いなあ」

「ちっとも賢くないですよ、結局最後のところはマッチポンプじゃないですか！　それと、私の友人探しにどんな関係が……。……あ、あの、どうしてニヤニヤしてるんですか？」

不安そうな顔で後ずさるゆんゆんに、我輩《わがはい》は口元に笑《え》みを浮《う》かべて言った。

「汝、迷えるお客様よ。栄《は》えあるお客様第一号として、もれなく無料で占ってやろう！」

7

冒険《ぼうけん》者ギルドの片隅で、好奇《こうき》の視線に晒《さら》されたゆんゆんが緊張《きんちょう》の面持《おもも》ちをしていた。

「相談所へようこそ迷える娘よ！　汝は開業一発目の客である。どんな悩みでも遠慮《えんりょ》なく打ち明けるがよい。この我輩が全力で占ってやろう！」

ギルドの片隅に即席《そくせき》で作った相談所のテーブルには、店から持って来た雰囲気《ふんいき》作りの水《すい》晶玉《しょうだま》が置かれている。

本来そんな物は必要無いのだが、我輩は水晶玉に手をかざすと、冒険者達の視線に晒されるゆんゆんにあらためて悩《なや》みを聞いた。

「と、と、友達が……欲しくて……」

「何？　もっと大きな声で言うがいい、周囲の者が聞こえないではないか！」

顔を赤らめ泣きそうな表情でボソボソと囁《ささや》くゆんゆんに、もう一度と促《うなが》した。

そう、つまりはサクラというヤツだ。

この娘《むすめ》にはあらためて最初の客になってもらい、こうして皆《みな》の前で大々的に解決するのだ。

最初から華々《はなばな》しい解決能力を見せつけてやれば、後は放《ほう》っておいても依頼が殺到《さっとう》するという寸法である。

「友達が……欲しくて……！」

「なんと、友達が欲しいとな⁉　そうかそうか、一人は辛《つら》いのか。よかろう、我輩の力で汝の悩みを解決してしんぜよう！」

「凄《すげ》えな旦那、これだけの人目の前でこんな悩みをぶちまけるだなんて。ゆんゆんの目からどんどん光が失われてきたぜ！　さすがの俺も、ここまでえげつない晒しはできねえ！」

周囲の冒険者達がそのやり取りを聞いてゆんゆんに同情の視線を向ける中、死んだ目をして動かなくなったゆんゆんを前に、こんなはずではとしばし悩む。

まあ極上《ごくじょう》の羞恥《しゅうち》の悪感情が味わえたのでよしとしよう。

「どれ、我輩の力で汝《なんじ》の輝《かがや》かしい未来を……！　未来を……。……？」

「そこで黙《だま》らないでくださいよ、私の輝かしい未来はどうなったんですか!?　もの凄《すご》く不安になるじゃないですか！」

死んだ目をしていたゆんゆんが、黙り込んだ我輩に縋《すが》り付きゆさゆさと揺《ゆ》さぶってくる。

「まあ落ち着くがいい、我輩ですら目を背《そむ》けたくなる未来を持つ娘よ。貴様、見掛《みか》けによらずかなり高レベル冒険者の様だな。現在、店で暇《ひま》を持て余している迷惑《めいわく》店主並みとまではいかないが、それでもこの年で、我輩が見通し辛いほどの力を持つとは大したものだ」

「初対面で酷《ひど》い事ばかり言ってきたあなたに珍《めずら》しく褒《ほ》められてる最中ですけど、『目を背けたくなる未来を持つ娘』ってとこが引っ掛《か》かってどうしようもないんですが！」

ゆんゆんに揺さぶられながら、どうしたものかと思考を巡《めぐ》らす。

まさか見通せないとは予想外だった。

いや、近い内に友人が出来る事までは確かに見通せたのだ。

「……なあ、ちょっと気になったんだけどよ。バニルの旦那が『それでもこの年で』って言ったけど、お前さん今いくつなんだ？　ちなみに俺は18歳だ。年が近いなら、俺が友人になってやっても……」

それが誰《だれ》か、そして、どんな手段で友人が出来るのかまでは見通せなかった。

「あっ、私、今年14歳になりました！」

「守備範囲外《しゅびはんい》のクソガキじゃねーか！　やたらと体が育ってるから声掛けたってのに、俺の苦労と時間を返せよ！」

「クソガキ!!　今日初めて会ったチンピラ冒険者にクソガキって言われた！　私、これでも実力はあるんですよ！　こないだ行われたクーロンズヒュドラ討伐《とうばつ》でも結構活躍《かつやく》したんですから！」

「それを言うなら俺だって活躍したっつーの！　他《ほか》の冒険者が怯《ひる》む中、単身飛び出して切り込んだんだぜ!?　その後は、こういった飯を食う場所じゃ詳《くわ》しく言えない状態になってずっと休んでたけどよ！」

……閃《ひらめ》いた！

「活躍っていう割には、私、ヒュドラ戦であなたらしい人を見ませんでしたよ！」

「俺だってお前の活躍するとこなんて見てねえよ！」

「おい貴様等！　我輩、素晴《すば》らしい事を思い付いたぞ！　今回に関しては、別に苦労する必要もなかったのだ！　そう、解決する手段は身近にあった！」

我輩は、考え込んでいる間に何やら言い争っていた二人に告げる。

「何ですか!?　ぜひ教えてくださいバニルさん！」

期待に目を輝かせるゆんゆんに。

「貴様等二人が友人同士になればよい！」

「嫌《いや》ですよ。いくら私でも、相手を選ぶ権利はあるはずです」

「おまっ……！　オドオドした小心者だと思ってりゃ、言う事はハッキリ言うじゃねえか！　上等だよこのクソガキがあああああ！」

こめかみに青筋を立てるダストに向けて、ゆんゆんはワンドを構え威嚇《いかく》する。

「まあ、さすがに我輩も酷《こく》な事を言っているのは分かっている。この男はないだろうとな。だが、選《え》り好みしていてもしょうがあるまい。まずは人に慣れる練習としてだな……」

「練習……。練習にしても、この人はちょっと……」

「よし、掛かってこいクソガキ。一つ大人の本気ってやつを思い知らせてやる……、って、ああああああああああああああああああああ！」

今にも襲《おそ》い掛かろうとしていたダストが、唐突《とうとつ》に大声を発した。

「しまった、俺とした事が！　いるよ、いるじゃねえか、俺にも一応女友達が！」

突然そんな事を言い出したダストが、足下《あしもと》の椅子《いす》を蹴飛《けと》ばすと。

「二人共、ちょっと来てくれ！　俺に良い考えがあるんだよ！」

「「……？」」

我輩はゆんゆんと顔を見合わせると、飛び出して行ったダストの後を追い掛けた。

8

案内されたのは小綺麗《こぎれい》な宿だった。

我輩達を連れたダストはそこに駆《か》け込むと。

「リーン！　リーンはいるか⁉」

客の迷惑もかえりみず、大声で叫《さけ》びながら宿の入り口から中を見回す。

そこの宿は一階部分が食堂になっている様だが、ダストは食堂の中に目当ての人物を見つけた様だ。

そこにいたのは魔法使《まほうつか》い風の一人の少女。

ゆんゆんよりも一つか二つ年上だろうか。

リーンと呼ばれたその少女は、慌《あわ》ただしく駆け込んで来たダストを見ると。

「いきなりどうしたのダスト？　もうお金なら貸さないし保証人にもならないからね。こないだ貸したお金返してからだよ」

「違《ちが》う！　その事は後で相談するとして、今は他の頼《たの》みがあるんだよ！」

ダストは言って、我輩と共に付いて来ていたゆんゆんを前に出す。

「おいリーン！　こいつはゆんゆんっていって、俺の知り合いだ。ゆんゆん、こいつは俺の冒険仲間のリーンってんだ」

ダストの言葉に、リーンと呼ばれた少女は野菜スティックをポリポリかじり。

「……あれっ？　あたし、その人見た事があるよ？　確か、いつもソロでモンスターの討伐してる子だよね？」

そう言いながら、まじまじとゆんゆんを見る。

見られたゆんゆんは、恥《は》ずかしそうに俯《うつむ》きながらもコクコクと無言で頷《うなず》き返した。

そして、ボソボソと小さな声で。

「……こっ……こんにちは……」

そんな二人を見ながらダストが言った。

「……で、だ。お前ら、年近いだろ？　リーン、良かったらこの生意気なのと友達になってやってくんねえ？」

……なるほど、この男にしては珍しく真っ当な方法だ。

ゆんゆんはといえば恥ずかしそうに、そしてわずかに期待の込もった眼差《まなざ》しでチラチラとリーンを見る。

リーンはなおも野菜スティックをポリポリかじり。

「え？　やだよ、何言ってんの？」

ゆんゆんが、ワッと泣いて走って逃《に》げた。

——ゆんゆんが宿を飛び出していった後。

「お、おま……！　いきなり何言ってくれてんだ！　ちょっと期待してたぼっちにあの言い方はないだろコラッ！　さすがの俺でもちょっと引いたぞオイ！」

しばらく戸惑《とまど》っていたダストが、リーンに唾《つば》を飛ばしながら食って掛かる。

「フワーッハッハッ！　フワーッハッハッハッハッ！」

「旦那《だんな》！　ちっとも笑い事じゃねえって！」

慌てたダストが我輩にまで食って掛かるが、悪魔としてこんな愉快《ゆかい》な展開を笑わずにいられようか！

リーンはといえば、マイペースに野菜スティックをかじりながらも、心外だとばかりに頬《ほお》を膨《ふく》らませて抗議《こうぎ》した。

「ちょっと、なんであたしが悪者にされてんの。あたしだってあんたの紹介《しょうかい》じゃなきゃ断らないわよ。だって、ダストが誰かを紹介するって時点で何か裏があるでしょ？　あんたって、自分の得にならなきゃ目の前で小さな女の子が溺《おぼ》れてようが素通《すどお》りする男じゃない」

「よし。お前ちょっと表に出ろ、折檻《せっかん》してやる」

ダストがクイクイとリーンに親指を立てて出て行く中。

「そもそも、あの子ってギルドの皆に慕《した》われてる凄腕《すごうで》のアークウィザードじゃない。そんな子と友達にって、駆け出し魔法使いのあたしとじゃあ釣《つ》り合わないでしょうに」

そんな独り言をブツブツと呟《つぶや》きながら、リーンが立てかけてあった杖《つえ》を手に取って、ダストの後に続こうと立ち上がった。

……ギルドの皆に慕われている？

「野菜好きの娘、どういう事だ？　あの紅魔族の娘は他の冒険《ぼうけん》者から慕われているのか？」

我輩《わがはい》の言葉に、リーンはこちらをチラリと見て。

「……あんたが街で噂《うわさ》の仮面の男？　ウチのダストはただでさえバカなんだから、あまりおかしな事教えないでね？　……あのゆんゆんって子、この街じゃ有名だよ？　パーティーは組まず、ソロで討伐してる凄腕のアークウィザードだって」

……ほう。

「この駆け出しの街の色んな冒険者パーティーが、何度もピンチを救われたりしてるけど、お礼を言おうとすると『余計な事してごめんなさい！』とか言って恥ずかしそうに逃げちゃうって。あれだけ強い人だからどこのパーティーもあの子が欲しいんだけど、常にソロでいるのは人付き合いが嫌《きら》いだからに違いないって噂が流れてて。なもんで、皆《みんな》、助けてもらった感謝の代わりに一人でそっとしておいてあげようって事になったんだよね」

……………………。

「ていうかあの子、どうしたの？　あれだけ可愛《かわい》くて常識もありそうで実力もあって。そんな子がなんであたしなんかと友達に？」

「……うむ、気にするな。それより、今頃《いまごろ》あやつが表で待っているのだろう。行かなくてもよいのか？　というか性格はおいておき、アレであの男は腕だけは立つと見た。娘《むすめ》、ノコノコ出て行く気の様だが大丈夫《だいじょうぶ》なのか？」

心配するわけではないが、やられる気もなさそうなリーンの態度を疑問に思って尋《たず》ねてみる。

「大丈夫だよ、あいつは基本的にアホだから。きっとあたしの事舐《な》めきって、踏ん反り返りながら偉《えら》そうに説教から始めるよ？　宿を出る前に魔法の詠唱《えいしょう》を終えておいて、説教始めたら不意討《う》ちで魔法を唱えてやる」

「……この街の住人は本当に皆《みな》たくましいな。では、我輩はこれで」

「それじゃあね、仮面の人。一応アレはあたしの仲間なわけだけど、友達は選んだ方が良いと思うよ？」

言って、その場で魔法の詠唱を始めるリーンの声を聞きながら、我輩は外に出た。

「おっ、ノコノコとアホみたいに出て来やがったなリーン。おし、本来なら問答無用でビンタくれてから剝《む》いてやるとこだが、お前には金借りてる身だ。ちょっとそこに正座しろ。今から俺が……」

背後にダストの悲鳴と魔法の炸裂《さくれつ》音を聞きながら、我輩はある事を考えていた。

せっかく出会ったあの面白《おもしろ》い紅魔族の娘を、このまま放《ほう》っておく手もあるまいて。

我輩は、泣いて帰った依頼者《いらい》の願いを解決するべく、宿の外で勝ち誇《ほこ》っているリーンに近づくと——

9

大通りから外れた場所にある、ほとんど人も来ない小さな公園。

「——あっ、いたいた！　こんな所にいたんだね」

「ッ！　リ、リーン……さん……」

その公園の隅《すみ》っこで、紅《あか》い瞳《ひとみ》を潤《うる》ませながら一人棒倒《ぼうたお》しに興じる少女がいた。

「さっきはごめんね、いきなりの事でビックリしちゃってさ。その、わけは今から話すけど、あんな事言っちゃったのには、理由があって……」

「えっ!?　い、いいえ、いいんです！　紅魔族の里でも、変わった子扱《あつか》いされてましたし、こういうの慣れてますから！　リーンさんが気にする事なんて……！」

そう言って慌てて立ち上がるゆんゆんは。

「じゃあ……。その……、あたしと友達になってくれる？」

「よよよよ、喜んでっ！　私なんかでいいのなら、ぜひお願いしますっ！」

〝我輩の言葉〟に、泣き笑いを浮《う》かべた。

「そうかそうか、そんなに我輩と友人になりたいのか！　よかろう、見通す悪魔バニルが許そう！　今日から貴様は我が友人を名乗るがいい！　あの野菜娘だと思ったか？　残念、我輩でした！」

「！！！？？？」

リーンの姿をぐにゃりと歪《ゆが》ませ、本来の姿に戻《もど》る我輩に、ゆんゆんは口をぱくぱくさせて呆然《ぼうぜん》と固まった。

「おっと、友人の悪感情、なかなかに美味であるわ！　フハハハハハハ！」

「わあああああっ！　このおおおおおっ！」

泣きながら短剣《たんけん》を振《ふ》り回してくるゆんゆんに、我輩は笑いながらなおも告げる。

「フハハハハハ！　普段《ふだん》は大人しそうなくせに、実は意外と好戦的な娘よ！　貴様にあの娘から伝言がある」

「……伝言？」

目尻《めじり》に涙《なみだ》を浮かべたまま息を弾《はず》ませるゆんゆんは、短剣を手にしたまま動きを止めた。

「うむ、伝言だ。『どうしてあたしと友達になりたいのか分かんないけど、あたしと遊ぶ様になるって事は、あたしのパーティーメンバーとも仲良くなるって事だよ？　ウチにはダストと同レベルのチンピラがもう一人いるし、あんな真面目《まじめ》そうないい子は巻き込めないかな』との事だ」

それを聞いたゆんゆんは、ちょっとなごり惜《お》しそうな顔でホッと息を吐《は》く。

「そうですか……。嫌われてるんじゃなさそうで良かったです。それに、あの金髪《きんぱつ》の人と同レベルの方がもう一人いるって聞くと、ちょっと怖《お》じ気づきますし」

そして、我輩に恨《うら》みがましいジト目を向けると。

「でも、さっきのは無いですよ。伝言を届けてくれたのには感謝しますけど、『友達になってくれる？』って言われてどれだけ舞《ま》い上がったと思ってるんですか？　人間、やっていい事とダメな事ってものがあるんですよ？」

短剣を納めながら不満そうに口を尖《とが》らせた。

「悪魔の我輩にそんな事を言われても。大体、これだけは譲《ゆず》れない友人としての最低ラインを聞いた時、『人外の場合は、せめて言葉が通じる相手までが最低ライン』と言ったのは貴様ではないか。部下に愛される大悪魔にして、近所でも評判の我輩が友人では不満だとでも言うつもりか？」

「…………えっ？」

——再び冒険者ギルドに戻って来た我輩の前には、本当にこれで良かったのかと、どことなく不安そうな表情ながらも、時折にへらと口元を綻《ほころ》ばせるゆんゆんがいた。

「では、これで依頼完了《かんりょう》だな。約束通り、お客様第一号という事で報酬《ほうしゅう》は要《い》らぬ。その代わり、貴様も知り合いの冒険者達に、我輩にかかればどんな悩《なや》み事でも解決すると宣伝するのだぞ」

「は、はい……。……知り合い。知り合いの冒険者かあ……。……一応宣伝しておきます」

初めての客の選択《せんたく》を見誤ったかもしれぬ。

「ま、まあいい。それよりも、今後は貴様にも手の空いている時には我輩の仕事を手伝ってもらうぞ。なにせ、貴様は我輩の友人だからな。今回我輩が助けてやった様に、友人が困っている際には無償《むしょう》で助け合うのが当然だろうて」

「ッ！」

ゆんゆんが友人という言葉にぴくっと反応を見せ、再びにへらと笑《え》みを浮かべた。

賃金を必要としない労働力ゲットである。

「ハッ、そうじゃないわ！　これじゃあ昔あの子に言われた通りじゃない！　友達になろうと言いながら近寄ってくる悪い男に簡単に騙《だま》されそうだ、って！」

大きな独り言を言いながら頭を抱《かか》えるゆんゆんを尻目《しりめ》に、我輩は依頼掲示板《けいじばん》の前に立つと一枚の紙を貼《は》り付けた。

『相談屋はじめました』

その紙を遠くから眺《なが》め満足した我輩は、未《いま》だ頭を振り回しているゆんゆんに呼び掛《か》ける。

「何やら葛藤《かっとう》しているみたいだが、そろそろいいか？　ちと付き合ってもらいたい場所がある」

――どこに向かうのかと不思議そうな表情を浮かべるゆんゆんを連れ、我輩は店のドアを開け中に入る。

ドアの前に佇《たたず》むゆんゆんは、我輩の後に続き店に入っていいのか迷っている様だ。

「ここは我輩の店ではないが、ここに住み込みで働いている以上、我が家であると定義しても良いだろう。……とっとと来い、友人の家に入るのを躊躇《ちゅうちょ》するヤツがあるか」

それを聞いてどことなく嬉《うれ》しそうに、そして恥《は》ずかしそうに俯《うつむ》くゆんゆんを連れ、我輩は、こちらを見ながら店の奥でにこやかな笑みを浮かべる古い友人に。

「帰ったぞ留守番店主よ。汝《なんじ》に、悪魔《あくま》に友人認定《にんてい》されたというのに微妙《びみょう》に喜ぶ奇特《きとく》な娘を紹介《しょうかい》しよう！」

10

すっかり日も暮れ、よほど楽しい一時だったのか、最後までなごり惜しそうなゆんゆんを見送った後。

「——まさか汝とあの娘が知り合いだったとは、なかなかどうして世間というのは狭《せま》いものだな」

「ゆんゆんさんは、バニルさんがここに来る前、このお店に来てくれた事があるんですよ。その時は私一押しの、パラライズの魔法威力《いりょく》強化ポーションを買って頂いた覚えがあります」

その昔、この街の近くでとある悪魔との決戦を控《ひか》えていたゆんゆんは、強力な魔道具を求めてこの店に来たらしい。

ゆんゆんは、あの時は助かりましたと、ウィズに何度も頭を下げていた。

「でも可愛《かわい》らしい方ですねゆんゆんさんは。私にも新しいお友達が出来ました！」

またいつでも来てくださいと言われ、嬉《うれ》し気に帰って行ったゆんゆんを思い出したのか、ウィズが口元を綻ばせた。

「ところでご機嫌《きげん》店主よ、汝が更《さら》に機嫌が良くなる素晴《すば》らしい報告がある。実は新しい商売を始めてな。今日のやり取りを見ていた他《ほか》の客の反応を見るに、評判は悪くなさそうだ。これで今月の家賃はどうにかなりそうな見通しが出来た」

「そそ、そうですか！　それは良かったです！」

喜ぶべきところなのに、なぜかウィズが目を逸《そ》らす。

「……おい、また何をやらかした」

その言葉にウィズがビクリと震《ふる》え、強張《こわば》った笑顔を向けてくる。

「……言っても怒《おこ》りませんか？」

「内容による。言えば怒るかもしれぬし、怒らぬかもしれぬ。だが言わねば、貴様はバニル式殺人光線を浴びる事になる」

「………………アクア様から教わった画期的商売を実行しようとしたのですが、その……」

今朝方話していた頭の悪いアレを、本当にやろうとしたのか。

数百年後には土地の値段が上がるから、今の内に買っておけとかいうアレを。

大方、土地を買う金が無くて断念したのだろう。

というか、そんな大金があるのならそれを使って商売した方がよほど建設的な話だ。

我輩《わがはい》は、先ほど出会ったリーンとかいった娘《むすめ》の言葉を思い出す。


——友達は選んだ方が良い。


怯《おび》えた様にビクビクしているウィズに向けて、我輩は思わず苦笑《くしょう》する。

「普段であれば、あの女神《めがみ》と同レベルに落ちるなと説教してやるところだが、今日は少しだけ機嫌が良いのだ。あの女神の戯《ざ》れ言に賛同するわけではないが、悪魔やリッチーに寿《じゅ》命《みょう》はない。ゆっくり稼《かせ》いでもいいだろう」

この欠点だらけの古い友人と共に、苦労しながらも店を大きくしていくのも一興だ。

ウィズはそれを聞き、嬉しそうに手を打った。

「ありがとうございますバニルさん、また怒られるかとドキドキしましたよ！　アクア様を迎《むか》えに来たカズマさんに、こんこんと税金の話や元手の話などを説明されて気が付きまして……！　アクア様と一緒《いっしょ》に色んなところから借りたお金を慌《あわ》てて返したのですが、既《すで》に結構な額を借りてしまいましたので、今日一日分の利子だけでもバカに出来ない額になってしまい」

『バニル式殺人光線！』

第二話
従者はじめました

1

「いいのよウィズ、これは私なりのケジメなの。それにあの後カズマに目一杯《めいっぱい》叱《しか》られて、このお店に与《あた》えた損害分は働いて返してこいって言われたしね。……さあ、遠慮《えんりょ》なくやって！」

「アクア様……っ！　私には出来ません、だってアクア様はこの店のために良かれと思って行動してくれたんです！　それなのに……！」

ここはアクセルの街の路地裏に佇む魔道具店。

店先の掃除《そうじ》をしていると、中から悲嘆《ひたん》にくれたそんな会話が聞こえてきた。

掃除の手を止め嫌《いや》そうにそちらを見ると、我輩と目が合った二人が顔を逸らす。

「ねえウィズ、これは自らに対する戒《いまし》めなの。今回私は反省したわ。たとえ良かれと思ってやった事だとしても、迷惑《めいわく》を掛けたなら償《つぐな》いをする。これは当然のケジメなのよ。さあ、遠慮する事はないわ！」

「いいえアクア様、そのお気持ちだけで十分です！　こんなに反省しているのですから、きっとバニルさんだって許してくれるはずですよ！　だって、いつも私が出している赤字に比べれば微々《びび》たるものでしたもの！」

そんな事を言いながら、再びこちらの様子をチラッと窺《うかが》う二人にうんざりしながら。

「……いいからやるならとっととやれ。先ほどから同情を誘《さそ》おうと下手《へた》な小芝居《こしばい》をする大根女神よ、貴様は水の女神なのだから、今更《いまさら》水を被《かぶ》ったところでどうという事もないだろうに」

と、我輩はたらいの中で膝《ひざ》を抱えて座る女神と、水桶《みずおけ》を手にした店主に告げた。

――つい先日。

よほど暇《ひま》なのか、ここのところ毎日の様に遊びに来る女神が、ウチのポンコツ店主をそそのかした。

不死である特性を活かし、時間さえあれば必ず値が上がるであろう土地を転がし、確実に儲《もう》けようと持ちかけたのだ。

元手や利息、税金などを一切考慮《いっさいこうりょ》にいれないこの二人のせいで、また赤字が発生した。

その穴埋《あなう》めをすべく、この女神の保護者である小僧《こぞう》が考えた商売が……。

「バニルさん酷《ひど》いです！　アクア様はこんなに反省してるんですよ!?　それなのに、こんな酷い事をさせるだなんて……！　カズマさんもカズマさんです、いくら水を被っても平気だからといって、アクア様は女の子なんですよ!? それなのに、こんな……!」

「ウィズ、庇《かば》ってくれてありがとう。その気持ちだけで十分よ……。その優《やさ》しい心をいつまでも大事にね？ 水浸《みずびた》しになった私が風邪《かぜ》でもひいてしばらくお店に来れなくなっても、どうか私の事を忘れないで……」

「アクア様っ！」

なおもおかしな小芝居を続けている二人に歩み寄ると、ウィズの隣《となり》に置いてあった水桶の中身を女神の頭にぶちまけた。

「……ちょっと何すんのよ鬼畜悪魔《きちくあくま》、あんたに良心ってもんはないわけ？ いたいけな女神がこれだけ悲壮感漂《ひそうかんただよ》わせてるんだから、今回の赤字の件は忘れます、私が悪かったですアクア様って言って、泣いて許してくれるとこでしょう？」

「アクア様のおっしゃる通りですよバニルさん。バニルさんは私達にもっと優しくしてくれてもいいんじゃないですか？ お店だって濡《ぬ》れちゃったじゃないですか」

頭から水を掛《か》けられたにも拘《かか》わらず、たらいの中で平然としている女神に向けて。

「……いいから、とっととノルマ分の品を作って帰ってくれ……。最近、貴様と一緒にいる時間が多くなったせいか、負債《ふさい》店主の赤字生産能力に磨《みが》きが掛かってきた。貴様のところの小僧が発案した女神のだし汁《じる》が売れてくれなければ、今月ももれなく赤字なのだ」

「ちょっと、私が作る聖水にそんな美味《おい》しそうな名前を付けるのは止《や》めて頂戴《ちょうだい》。アクア様の神聖水とかそんな名前にして売り出してよね」

「あっ、アクア様、水加減はいかがですか？　寒かったら言ってくださいね、お湯を足しますので」

触《ふ》れた水を浄化《じょうか》する上、長時間に亘《わた》って触れていればそれを聖水と成すというおかしな体質を持つこの女神。

その力を使い、アンデッドモンスターに特効を持つ聖水を作り、それで赤字を補塡《ほてん》しようという提案がこの女神の保護者からなされた。

元手はタダなのでその提案を受け入れたのだが……。

「今日は暑いしもっと冷たくてもいいわよ。ウィズ、水を足して頂戴。出来れば汲《く》みたての井戸水《いどみず》がいいわね、冷たくて気持ちいいから。頭からバシャーってやって」

「分かりました、すぐに新しいお水を汲んで来ますね！」

先ほどの小芝居は何だったのだと言いたくなるくらいの上機嫌《じょうきげん》で、たらいの中でバチャバチャやりだした女神は放《ほう》っておき、店にいる気をなくした我輩は、

「店の方は任せたぞ。我輩はいつもの所に行ってくる」

水を汲みに行こうとするウィズに告げると店を出た。

——向かった先は冒険者《ぼうけんしゃ》ギルド。

最近新たな商売としてこの中の一角を借り相談屋を始めてみた。

今のところ客は順調に増えている。

我輩が来るのを待っていたのか、今日もギルドの隅《すみ》に人がいた——


「相談なのですが、ウチで飼っていたネロイド、ステスキーがもう三日も帰って来なくて……！」

「お隣の軒下《のきした》に挟《はさ》まり身動き取れなくなっているな。今すぐ行って助けてやるが吉《きち》」

「相談です。浄水場《じょうすいじょう》の管理をしているのですが、水の浄化を手伝ってあげるわ！　と叫《さけ》んでため池に飛び込む人がおりまして……」

「それは邪悪《じゃあく》な存在であるので、魔除《まよ》け代わりにため池へハバネロを散布するが吉」

「相談したい事があるのですが、当家のお嬢様《じょうさま》がある男とパーティーを組んでから、日に日におかしくなっていきます。家臣一同心配が絶えないのですが」

「元からそんなものなので、早めに諦《あきら》める事をオススメする」

「相談です……。冒険者の皆《みな》さんが毎日の様に問題を起こし、もっと楽に儲かる仕事を寄《よ》越《こ》せと言ってきて困ってます……」

「………受付も大変だな」

今日の客足はなかなかだ。

途中《とちゅう》変な相談もいくつかあったが、この分ならウィズ達の作る聖水を卸《おろ》して得る金も入れれば、今月の赤字は回避《かいひ》出来そうだ。

ホクホクしながら金銭を数えていると、突然《とつぜん》ギルド内が静まり返った。

何事かと辺りを見れば、皆の視線はギルドの入り口に向けられている。

本来、この街の冒険者は滅多《めった》な事では動じない。

というのもこの街には変わり者が多く住み着いているので、大概《たいがい》の事には免疫《めんえき》があるからなのだが……。

「ここが冒険者ギルドですか……！」

入ってくるなりそう呟《つぶや》いたのは、どこにでもいる平民の格好で、幅広《はばびろ》の帽子《ぼうし》を被った12～13歳くらいの少女だった。

その少女はそんな格好をしている割に、貴族の証《あかし》である金色の髪《かみ》と蒼《あお》い瞳《ひとみ》を隠《かく》す事もなく、物珍《ものめずら》しそうにギルド内をキョロキョロしている。

「アイリ……。いえ、イリス様、護衛である我々をおいて、あまり何処《どこ》にでも入られては困ります。一応最も治安の良い街を選びましたが、それでも何があるか分からないのです。特にイリス様はこんなにも可愛《かわい》らしいのですから、いつ誰《だれ》にさらわれるか分かったものではありません、どうかお気をつけください」

そんな事を言いながら少女に続き入ってきたのは、これまた金髪碧眼《きんぱつへきがん》の娘《むすめ》だった。

身に着けている男物の白いスーツ、そして腰《こし》に差した剣《けん》と短めの髪が相まって、さながら男装の麗人《れいじん》といったところだ。

そして最後に、軽く息を弾《はず》ませた魔法使《まほうつか》い風の、一番常識がありそうで地味めな娘が続く。

「お二人とも、どうか目立たない様にしてください、ここはあの方が住んでいる街です。万が一イリス様に気付かれたなら、俺も一緒《いっしょ》に連れて帰れと駄々《だだ》を捏《こ》ねられますよ？」

……既《すで》に手遅《ておく》れなくらいに目立っている三人だが、関《かか》われば面倒《めんどう》な事になる気配しか感じられない。

他《ほか》の冒険者達も同じ事を考えたのか、皆揃《みなそろ》って視線を背《そむ》けた。

我輩《わがはい》は視線を合わせず会話だけに耳を傾《かたむ》ける。

「しかしレイン、冒険者ギルドは荒《あら》くれ者揃いで騒々《そうぞう》しい所だと聞いていたのですが、皆さんとても静かです……。私が聞いたところによりますと、ギルドに入った途端《とたん》に無法な冒険者に絡《から》まれ、それを撃退《げきたい》するところまでがテンプレだそうです。ですが、これではテンプレが起こる気配が……」

困り顔で店内を見回す少女の言葉に、なおさら視線を合わせようとしなくなった冒険者達。

やがてしばらく思案した後、少女は白スーツを着た娘の袖《そで》をくいくい引いた。

「テンプレというものが何かは分かりませんが、よくお会いする変わった名前の方達によると、大事なイベントだとの事です。クレア、テンプレなる儀式《ぎしき》を執《と》り行ってください」

「かしこまりましたイリス様、そこにいる冒険者を当家の権力で脅《おど》し、イリス様に絡ませた後に撃退しましょう」

「二人とも待ってください、目立たない様にと言った傍《そば》から何をしようとしているんですか！　ここに来た目的を見失わないでください！」

いよいよ関わりあいになりたくない相手だと判断したのか、皆が静まり返る中。

イリスと呼ばれていた少女が突然叫《さけ》んだ。

「クレア、レイン！　あの方を見て！」

その視線は、なぜか真っ直《す》ぐに我輩の事を……。

……誰の事を言っているのか予想は出来る。

予想は出来るが勘弁《かんべん》して欲しい。

「落ち着いてくださいイリス様、もうテンプレはよろしいのですか⁉　……む、あれは仮面の男⁉　しかし、あの時の侵入《しんにゅう》者にしては体格が良すぎる……」

「イリス様、人を指差してはいけません、はしたないですよ！　……ですが、確かにあの仮面はそっくりですね……」

三人は、我輩を遠巻きに見ながらそんな事を話していた。

やがてその連中の中心人物と思われる娘が、こちらに真っ直ぐ歩いてくる。

「イ、イリス様⁉　いけませぬ、その様な胡散臭《うさんくさ》い仮面の男に近付くなど……！」

その後を二人が慌《あわ》てて追うが、イリスと呼ばれていた娘は我輩の目の前に立ち。

「こんにちは、仮面の方。私は王都のチリメンドンヤの孫娘《まごむすめ》、イリスと申します」

2

賑《にぎ》わいを取り戻《もど》したギルド内。

「なりませぬイリス様！　この様な怪《あや》しげな男を連れ回すなどとは！」

「そ、そうですよイリス様、いくら何でもこの方は得体が知れません。もうちょっと人を選びましょうよ！」

　これは一体何なのだろう。

　イリスという娘に自己紹介《しょうかい》を受けた我輩は、なぜか面識もない娘達に理不尽《りふじん》な事を言われていた。

「……おい、初対面の者に向かっていきなり無礼ではなかろうか。まず最初は挨拶《あいさつ》から。そこの子供でも出来る事を、お付きの二人が出来ないというのはいかがなものか。我輩はバニルと申す者、よろしくどうぞ」

「よ、よろしく……。ではなく！　私の名はクレア。こっちはレインだ。バニル殿《どの》と言ったな、イリス様が突然声を掛けて申しわけない、貴公の仮面が気になっただけなのだ。……さあイリス様、参りましょう！」

「あっ、イリス様！　あちらに良さそうな感じの方がいらっしゃいますよ！　あちらの方にお願いしましょう！」

　イリスを連れて行こうとする二人をよそに。

「いいえ、私はこの方がいいです！　バニルさんと言いましたね？　実は、センスの良い仮面を被《かぶ》ったあなたに、お願いしたい事があるのです」

「ほう、この仮面のセンスが分かるとは、なかなか見所のある娘ではないか。聞くだけは聞いてみよう」

我輩は、イリスに関して少しだけ見直していた。

「貴様、イリス様になんて口の利《き》き方を！　この方を一体どなたと心得る！」

「クレア、それを今言ってはダメでしょう！　そのセリフは悪党を懲《こ》らしめてからだと何度も言ったではありませんか！」

クレアの言葉が気になった我輩は、なんとなく三人の素性《すじょう》を見通して……。

……止めておけば良かったと即座《そくざ》に後悔《こうかい》した。

この様な身分の連中と事を構えれば、我輩や店主自身はともかくも、店の方が物理的な意味でも社会的な意味でも無くなってしまう。

と、揉《も》めている二人をよそに、一番大人しそうな娘、レインが言った。

「あの……。実は我々が冒険者ギルドにやってきたのは、イリス様の一日従者を探しに来たのですよ。探しているのは〝ハチベエ〟という職業の者でして、それはお調子者のムードメーカーでなければならないという制約があり……」

ハチベエという職は聞いた事がないが、近所の奥様方から渋《しぶ》めの紳士《しんし》と評判の我輩に、お調子者なムードメーカーなど務まろうはずもない。

「ふうむ、こんな所にいて何なのだが、実は我輩、冒険者ではないのだ。依頼《いらい》という事であれば他の者に頼《たの》むのが良いと思われるが」

だが、そんな我輩の言葉にクレアと口論していたイリスが振《ふ》り向き。

「あなたからは、立派にハチベエを務められそうな雰囲気《ふんいき》が感じられます！　大丈夫《だいじょうぶ》、ハチベエという役職は、主《あるじ》を褒《ほ》め称《たた》えたりするお調子者役のお仕事なので危険はありません！　お願いです、今日一日だけでいいのです、どうか私のハチベエに……！」

こちらを上目遣《うわめづか》いで見上げながら、両手を組み祈《いの》る様なポーズを取る。

ロリコンの資質が有りそうな男であればコロッといきそうな姿だが、我輩は厄介事《やっかいごと》吸い寄せ機であるどこぞの小僧《こぞう》とは違《ちが》うのだ。

さすがに、こんな連中からの依頼を受け、面倒事に巻き込まれるわけには……、

「お礼は弾みます！　相場の方はよく分かりませんが、こちらに、家の宝物庫から持ってきたお金が」

「どうかハチベエと呼んで頂きたい」

最後まで聞く前に、我輩は差し出された重い袋《ふくろ》を受け取った。

3

アクセルの街の大通り。

「まったく！　イリス様ともあろうお方が、よりにもよって宝物庫から勝手にお金を持ち出すとは……！」

そこを歩くイリスの後を、歩調を合わせて追い掛《か》ける、クレアの言葉が止まらなかった。

「私だってたまには自分でお金を使ってみたいのです。それに、これは勝手に持ち出したわけでもありません。お父様の肩《かた》を叩《たた》きながらお小遣いが欲しいとお願いしたら、宝物庫のすべてを持っていっていいとおっしゃって……」

無造作に多額の報酬《ほうしゅう》をポンと渡《わた》してきたイリスに対し、先ほどからクレアはずっと説教を続けている。

だがその内容は……、

「まったくあの御方《おかた》は、イリス様に甘すぎる……！　そんなにお小遣いが欲しいのなら私に言ってくだされぱいいのです、イリス様のお父上よりも私の方がもっとイリス様を甘やかしますので！　他に欲しい物がある時なども、いつだって私に言ってくだされば！」

「クレアに何か物事を頼むと、毎回変に張り切るんですもの。一緒にお風呂《ふろ》に入ったあの日から、クレアったら何だか変よ？」

と、どうにも犯罪臭《しゅう》が漂《ただよ》うものだ。

そんな会話を続ける二人をよそに、レインがおずおずと言ってきた。

「あの、バニル殿……。イリス様がお渡しした報酬なのですが、その……。イリス様とクレア様のお二人は世間を知らないといいますか相場を知らないといいますか……。出来れば、先ほどの報酬は相場通りのものにして頂きたいなと……」

「うむ、超《ちょう》断る」

「ああ……。また私が財務から愚痴《ぐち》を言われる……」

半泣きになったレインを適当にあしらっていると、我輩の前を行くイリスがあらためて仕事の説明をしてきた。

「いいですかハチベエ。これから私達がする事は、ズバリ世直しです。この街は横暴な領主の行いで困らされていると聞きました。この街の治安は悪化の一途《いっと》を辿《たど》り、高額な税に民《たみ》は喘《あえ》いでいる事でしょう。そんな横暴領主に今から天誅《てんちゅう》を下し、困り果てた人々を助けるのが私達の仕事なのです！　ハチベエは私達の活躍《かつやく》を見て褒め称え、観衆を盛り上げる役をしてください！」

イリスの自信満々なその言葉に、我輩《わがはい》は何も言えずにいた。

その横暴領主というのはひょっとして……、

「あの、イリス様……？　それはもしかして、アルダープという男の事でしょうか？　それでしたら、数々の悪事が明るみに出て言い逃《のが》れが出来ないと悟《さと》ったからか、既《すで》に失踪《しっそう》し、現在はダスティネス様の手により善政が敷《し》かれておりますが……」

「ええっ⁉」

レインの言葉にイリスが驚《おどろ》き悲鳴を上げる。

うむ、やはりその横暴領主とは、先日地獄《じごく》に連れ去られたあの男の様だ。

イリスはふらふらとよろめきながら。

「そ、そんな……。では、私はこの街で何をすれば……？　お兄様に教わったゴロウコウ殿のように、領主の悪事を華麗《かれい》に暴《あば》き活躍しようと……。そして最後に堂々と私の正体を明かせば、この街に住むお兄様が噂《うわさ》を聞き付け会いに来てくれるという計画が……！」

「そんな事を企《たくら》んでいたのですかイリス様！　ダメですよ、あの男に会う事は許可出来ませんと、何度も申したではありませんか！」

「だから世直しがしたいと仰《おっしゃ》った際にも、王都近くの街ではなく、ここに拘《こだわ》っていたのですね！」

クレアとレインに説教されるも、イリスは一歩も引くことはなく。

「わ、私は、ただお兄様に褒めてもらいたいだけなのです！　よく頑張《がんば》ったなって言ってもらいたいだけなのです！　魔王《まおう》を倒《たお》すと言ってくれたお兄様を疑うわけではありませんが、お兄様の性格上、しばらく会わないでいるとコロッと私を忘れ、他《ほか》の女性にちょっと押されれば、その場の雰囲気に流されてしまいそうで……！」

「あの様な男など流されてしまえばいいのです！　あの男に影響《えいきょう》されたのか、どんどん悪いところが似てきてますよイリス様！」

「どうか街中で叫《さけ》ぶのはお止《や》めくださいイリス様、本当にあの方に見つかってしまいますから！」

何やら込み入った事情がある様だ。

「その、先ほどから言っているゴロウコウ殿やハチベエというのはなんなのだ？　実は先ほどから気になっていたのだが」

「ゴロウコウ殿とは、お兄様の知る偉大《いだい》な為政《いせい》者の一人です！　身分を隠《かく》して諸国を旅し、優秀《ゆうしゅう》なお供を引き連れて世直しをするんです！　ゴロウコウ殿は自らでは戦いません。スケサン、カクサンという役職の近衛《このえ》兵二人に戦わせ、戦闘《せんとう》後に身分と共に勝ち名乗りを上げ、ゴロウコウ殿はその威光《いこう》を示すのです。ハチベエという役職の者は戦闘後の殺伐《さつばつ》とした空気を変えるため、常にお調子者の道化《どうけ》として振る舞《ま》った、と言われております」

「つまり荒事《あらごと》はすべて配下に任せ、戦闘後の美味《おい》しいところだけ持っていくのかそのゴロウコウとかいう男は。とんだ手柄《てがら》盗《と》りの暴君ではないか」

「ち、違います！　お兄様に聞いたゴロウコウ殿は、とても立派な方なんです！」

ゴロウコウとやらに強い思い入れがあるのか、イリスはひとしきり反論する。

「そういえば、チリメンドンヤの孫娘《まごむすめ》を名乗っていたが、チリメンドンヤとは何の商売なのであろうか？」

「……チリメンドンヤはチリメンドンヤです。……ねえクレア、レイン。チリメンドンヤって何かしら？」

「チリメン丼屋《どんや》というからには飲食店だろう？」

「チリメン丼のチリメンとは何でしょうか？　私は食べた事がないのですが……」

我輩の疑問に、コソコソと相談を始めた三人。

やがて話を変える様にイリスはバッと顔を上げると。

「ともかく、横暴領主がいないのなら仕方がありません。私の正体を堂々と明かすため、まずはこの街で悪事を働いている者を探しましょう。欲《よく》をいえば権力にものをいわせた乱暴狼藉《ろうぜき》を働いている者が良いのですが、贅沢《ぜいたく》は言いません！　手頃《てごろ》な悪党を捕《つか》まえて懲らしめ、堂々と名乗りを上げるのです。さあハチベエ、行きましょう」

「イ、イリス様……既に手段と目的が逆転していますが……」

「ああ……。あんなに聞き分けの良かったイリス様が、どうしてこんなワガママに……。それもこれもあの男から受けた悪影響《あくえいきょう》に違いない……！　でも、ワガママを言ってくれる様になったイリス様も、これはこれで悪くないのが……っ！」

レインとクレアが嘆《なげ》く中。

我輩の一日主《あるじ》は、嬉々《きき》として歩いて行った。


——駆《か》け出しの街アクセル。

そんな名で呼ばれるこの街は、治安が良い事で有名である。

当然といえば当然なのだが、この街にも警察はいるし、昼間から乱暴する愚《おろ》か者もそういない。

「ハチベエ、どこかに乱暴狼藉を働いている者はいないものでしょうか？」

街中を二時間ほど散策したものの、事件らしいものも起こらず、イリスが困った表情で尋《たず》ねてきた。

「元々治安だけは良いこの街では、変わり者はたくさんいるものの、そうそう不埒《ふらち》者はおりませんのでなあ……」

　イリスと共に歩いていると、その後ろから二人の声が。

「なあレイン、なぜあの御仁《ごじん》はあの様な格好なのに街の人々から注目を浴びないのだ。仮面姿というのは、下々の間では珍《めずら》しくないものなのか？」

「そんなはずはないのですが……。この街の人々にとってはもう慣れたとか、そんなところでは……？」

　近所の奥様方に、謎《なぞ》の多い紳士《しんし》と評判の我輩に失礼な言葉を向ける二人をよそに、イリスは通りの店を興味深そうに覗《のぞ》いていた。

「ハチベエ、あれは何のお店なのですか？　子供達がお店に何かを持ち込んでいる様ですが……」

「あれはアクセル名物ネロイド屋ですな。ネロイドを捕まえた子供達が、小遣《こづか》い稼《かせ》ぎに売りに来たのでしょう」

　イリスは、ネロイド……と呟《つぶや》き小首を傾《かし》げ。

「ネロイドとは何です？」

「飲むとシャワシャワする謎の生き物です。暗いところを好み、様々な派生があると言われてますな」

我輩の説明を聞き、後を付いてくる二人がヒソヒソと囁《ささや》き合う。

「レイン、今の話は本当か？　仮面の御仁からは、あの男と同じくらいの胡散臭《うさんくさ》さを感じるのだが」

「ネロイドに関する事はあれで合っていますよ。説明を付け足すならば、ネロイドは捕まえるとにゃーと鳴く事くらいでしょうか」

ネロイドも知らないとは、イリスだけではなくあのクレアという娘《むすめ》もやはりなかなかの世間知らずの様だ。

立ち居振《ふ》る舞いやその一般《いっぱん》常識の無さが、どこかの貴族令嬢《れいじょう》を彷彿《ほうふつ》とさせる。

対して、レインという地味な娘の方は、この中では一番一般常識がありそうだ。

ただその分、色々と苦労している感じを受けた。

イリスは更《さら》にあちこちの店に興味を示す。

「ハチベエ、あれは!?　あのお店は何を売っているのですか？」

「あそこは魔道具《まどうぐ》を扱《あつか》う店ですな。ですが、魔道具を買うのならこの街でも有名な、ウィズ魔道具店というところで買う事をオススメします。そこの店では強力な効果を持つ魔道具をたくさん取り扱っておりますので」

そんな我輩達の会話に興味が湧《わ》いたのか、少し離《はな》れて付いてきていたクレアが近寄り。

「バニル殿《どの》、ならあの店はなんだ？　果物屋と書いてあるのに、頑丈《がんじょう》そうな檻《おり》が並べてあるが？」

「アレは夏みかんを売っているのですな。夏みかんは少しでも油断すると、目に汁《しる》を飛ばされます。この時季になると目にみかん汁の直撃《ちょくげき》を受け、悶《もだ》え苦しむ者が後を絶たないのですよ」

そんな事も知らないのかとばかりに教えてやると、イリスまでもが興味深気に。

「みかんはそんなに凶暴《きょうぼう》なのですか？　世間は知らない事だらけです……。いつかお兄様に会ったなら謝らないと。実はお兄様いわく、炎《ほのお》を吐《は》いたり飛んだりする猫《ねこ》がいると聞いた時、つい嘘吐《うそつ》き呼ばわりしてしまって……」

「そんなものおるわけなかろう。それは間違《まちが》いなくその男に騙《だま》されておるな」

「うううううううーっ！」

悔《くや》しそうに呻《うめ》きながら、赤くなった顔を恥《は》ずかしそうに覆《おお》うイリスを見ながら、更に街中を探索《たんさく》した。

4

それから更にあちこちを散策するも、特に事件といえるものは何もなく。

とあるチンピラが若い女性に絡《から》んでいたところを、クレアがしばいて警察に引き渡《わた》したくらいで、アクセルの平和をあらためて確認《かくにん》しただけに終わった。

「――どうしましょう、当初の目的がちっとも果たせません……。退治したのは『これはただのナンパなんだ！　旦那《だんな》、こいつらに説明してくれよ！』とよく分からない事を叫ぶ、目付きの悪い金髪《きんぱつ》の無法者のみ。私が正体を明かして解決しなければならないような、そんな大物の悪党はいないものでしょうか……」

先ほどまでの威勢《いせい》はどこに行ってしまったのか、すっかり元気を無くしたイリス。

何でも、この街にいられる時間が決まっているらしい。

今日一日の外出のために、連日習い事などを普段《ふだん》よりも頑張っていたとの事だ。

そんなにも、この街にいる兄とやらに会いたいのだろうか。

この街にそんな高貴な身分の者が住んでいたという事に驚《おどろ》きだが……。

「……あの、イリス様？　今日のところは、あの方に教わった世直しの事は諦《あきら》めて、普通に遊びに行ってはいかがですか？　きっとあの方の事です、世直しなどせずとも、とても喜んでくれますよ？」

「なっ⁉　レイン、一体何をバカな事を！　私は反対だ、あの様な男にイリス様を会わせるなどと……！　こんな時間に遊びに行けば、どうせイリス様を溺愛《できあい》しているあの男の事だ、何とかして自宅に泊《と》めようとするに決まっている！」

「……なるほど。そうなると、護衛である私達も泊まらなければならなくなりますね。その様な場所での警備となると、イリス様に付きっきりになる必要があります。それは確かに避《さ》けたいところですね」

「……イリス様に付きっきりに……。となると、お風呂《ふろ》も一緒《いっしょ》、寝《ね》るのも一緒……。あの、イリス様。どうしてもと言うのなら、今回に限り……」

そんな二人の言葉に。

「……止めておきます。きっとお兄様の事です、また新しい武勇伝が増えている事でしょう。なら私も、お兄様に再会した時に誇《ほこ》れる様、頑張った証《あかし》が欲しいのです。お兄様に教わった理想の為政者、ゴロウコウ殿のようになりたいのです。だから……」

そう言って、肩《かた》を落としてとぼとぼと歩くイリスに、我輩《わがはい》は一つだけ心当たりがある事を告げた。

「それなら一つ良い情報がありますぞ。実はこの街に、王都で大事件を起こしたらしい、銀髪盗賊団《ぎんぱつとうぞく》という大物賞金首が潜伏《せんぷく》しているそうな。そいつを捜《さが》してみるというのも……」

「だっ、ダメですダメです、それはダメです！　えっと、私に許された外出の日は、今日一日だけなのです。ですので、その様な大物がたった一日で捕まるとは思えませんから！」

なぜか慌《あわ》てて拒否《きょひ》するイリス。

「いえ、お待ちくださいイリス様、その賞金首についてもっと詳《くわ》しく聞きましょう。あの腕利《うでき》きの盗賊がこの街に潜伏しているのなら、私としても気になります！」

「わ、私も少し気になります……」

ふうむ、イリスは何やら拒否しているが、他《ほか》の二人は乗り気の様だ。

以前、冒険者《ぼうけん》ギルドの要請《ようせい》で盗賊の行方《ゆくえ》を占《うらな》ってはみたのだが、なぜか光に阻《はば》まれ突《つ》き止める事が出来なかった。

あれから時間も経《た》った事だし、賊の正体をここらでもう一度占ってみようか。

「あの盗賊団には、結果的には救われた形となりました！　なので、ここはそっとしておくべきで……！」

と、イリスがそこまで言った時だった。

突如《とつじょ》軽い地揺《じゆ》れが感じられ、遥《はる》か遠くから爆音《ばくおん》が響《ひび》いてくる。

「な、何事ですか!?　まさか、こんな辺境の街なのに魔王軍《まおう》の襲撃《しゅうげき》が!?」

「今のは爆発音！　イリス様、緊急《きんきゅう》事態です！　楽しんでいるところを申しわけありませんが、事が判明するまでは動かれませぬよう……！」

「一瞬《いっしゅん》ですが、遠くから強力な魔力を感じました。誰《だれ》かが魔法を唱えた様ですが……」

騒《さわ》ぐ三人とは裏腹に、同じく今の爆音を聞いたであろう通行人達は何事もなかったかの様に平然としている。

そんな周囲の反応に首を傾げ、イリスが言った。

「ハチベエ、今の爆音を聞いても街の人達に混乱する様子が見受けられないのですが、どういう事でしょう？　あなたは何か知っていますか？」

「ああ、今のはこの街の風物詩ですな。あの爆音は毎日の事ですのでお気になさらず。ほら、どこの街にも特産品というものがあるでしょう。それに似た様なものです」

きっと、どこかの紅魔族《こうまぞく》が街の外で放った爆裂《ばくれつ》魔法の音だろう。

「風物詩……。市井《しせい》では、たまに爆音が轟《とどろ》くのですね……」

「私も下々の事はあまり存じておりませんが、この街の住人の様子を見るに、別に珍しくもない事のようだ。王都から離れると色々勉強になるものだな」

「お二人とも納得《なっとく》しないでください、この街はあきらかに変ですよ！」

一人レインだけが訴《うった》えかけるが、

「レイン殿《どの》、この街の中で取り乱しているのは汝《なんじ》だけである。悪目立ちしているので少々落ち着かれよ。もっと常識というものを持って頂きたい」

「私⁉　私がおかしいのですか⁉　私が目立っているのですか⁉　仮面を被《かぶ》ったあなたより⁉　私がこの中で一番常識がないのですか⁉」

何やらショックを受けている、落ち着きのないレインを宥《なだ》め、そのまま道を歩いていると。

「この御方《おかた》を一体どなたと心得る！　隠居《いんきょ》前まではこの街の財務を担《にな》っていた貴族、アウリープ男爵《だんしやく》にあらせられるぞ！」

と、そんなタイミングの良い声が聞こえてきた。

従者が指し示すのはでっぷりと太った男。

駕籠《かご》に乗せられ偉《えら》そうにふんぞり返るその男は、護衛と思われる数名ばかりの騎士《きし》を連れ、周囲に威圧感《いあつかん》を与《あた》えている。

通りで何をしているのかと思えば、とある女性に絡んでいる様だった。

「そんな事言われても、好みのタイプじゃないもので……」

そう言って顔を顰《しか》めるのは、ギルドでたまに見た覚えのある女冒険者。

「……貴様、正気か？　アウリープ様に見初《みそ》められたのは大変幸運な事なんだぞ？　貴様はただの冒険者だろう？」

従者とおぼしき男は、断る事が信じられないといった驚愕《きようがく》の表情を浮《う》かべている。

「はあ、冒険者ですが……。というか、先ほどから言っている、お前は幸運だとか選ばれた者なのだとか、結局どんなメリットがあるんですか？」

熱心な従者の言葉に、女冒険者は少しだけ話を聞く気になった様だ。

それを見た従者は自慢《じまん》げに胸を張り。

「貴様の様な駆《か》け出し冒険者では一生味わえない贅沢《ぜいたく》な暮らしが出来るのだ。駆け出しの街の冒険者の収入など、月にせいぜい十万から二十万エリスといったところだろう？　それが、アウリープ様の愛人になるだけで倍以上の収入が得られるのだ！」

「ぺっ」

女冒険者は唾《つば》を吐き、そのままスタスタと歩いて行った。

自慢げな表情のまま固まる従者をチラリと見ると、

「貴族だからって少しだけ期待してみれば、この貧乏人《びんぼう》が！」

そう言ってもう一度唾を吐き捨て、不機嫌《ふきげん》そうに去って行く。

この街の冒険者は駆け出しばかりではあるものの、なぜか大勢で大物賞金首を狩《か》る機会が多く、大概《たいがい》の者が結構な財産を持っている。

安く見るなといわんばかりの不機嫌な態度に、フリーズしていた従者が動き出した。

「なな、なんだ今のは！　貧乏な冒険者が、今の態度は何なのだ！　おい、貴様！　そこの貴様、今の冒険者は何という名だ⁉　同じ冒険者なのだ、あいつの名前くらいは知っているだろう！」

その辺を歩いていた他の冒険者に、泡《あわ》を食った従者が高圧的に問いただし。

「はあ？　知らないよそんなの、この街に冒険者が何人いると思ってるんです？」

「⁉　き、貴様まで、その態度は何なのだ！　この方を一体どなただと……」

「よく知らないけどお貴族様だろ？　はいはい、貴族様凄《すご》いですね。どうせアレでしょ？　そこの貴族の人もおかしな性癖《せいへき》持ってたりするんでしょ？　サービス満点の素晴《すば》らしい店があって、あんな素敵な従業員のお姉さん達がいるこの街で、わざわざ凶暴な女冒険者を口説こうなんて変な人ですし。この街の冒険者達は、変な貴族には慣れっこなんですよ」

「はっ⁉」

従者に対して適当にあしらう様に言うと、名前を尋《たず》ねられていた冒険者もスタスタと去って行く。

この街の住人に、貴族だなんだと言っても効果は薄《うす》い。

とある大貴族の娘《むすめ》のせいで貴族の権威《けんい》なんてものはとっくに地に落ち、冒険者達に舐《な》められきっているからだ。

「――どうなっているのだこの街は」

ふと、我輩の後ろからもそんな戸惑《とまど》った声が聞こえてきた。

それは成り行きを見守っていたクレアの声。

それに続いてレインもまた、この展開は意外だったのか呆然《ほうぜん》としながらも、

「と、とにかく、あの貴族達を止めましょうか？　その、丁度良い事に乱暴狼藉《ろうぜき》といえなくもないですし……」

と、そんな事を呟《つぶや》くが……、

「いや、こんな程度の迷惑行為《めいわくこうい》はこの街にとって日常の光景であろう。どうせじきに、対貴族要員である領主代行娘が飛んでくる。それまでは、あの様な連中など放《ほう》っておけば良いと思うが……」

我輩が発した言葉に、三人は言っている事が分からないといった表情で振《ふ》り返る。

我輩達が見ている前で、アウリープとかいった太った貴族が駕籠から降り、固まったま

まの従者を蹴飛《けと》ばした。

「このバカ者！　あの様な無礼を働いた平民をまんまと逃《のが》しおって！　その辺にいる冒険者共を捕《つか》まえて、先ほどの二人の素性《すじょう》を調べてこい！　我が前に連れてきた暁《あかつき》には、むごたらしく処刑《しょけい》してくれる！」

そう言って、辺りにいる冒険者に睨《にら》みをきかせた。

「これはいけませんね」

アウリープの言葉を聞いて、レインが杖《つえ》を構えぽつりと言った。

「あの男はやはり我々で取り押さえましょう。あの者はアウリープ。この街の前領主、アルダープの親戚《しんせき》筋の者だったはず。現在あの者は、様々な悪事への関与《かんよ》が疑われています。きっとその事でダスティネス家に呼ばれたのでしょうが、隠《かく》しきれないものが多いのか、どうせ捕まるのならと多少自暴自棄《じぼうじき》になっている様に思われます」

「そうだな、確かにあの様な男は貴族の恥《はじ》だ。しかし、期せずしてイリス様の望む展開になってしまったな。あの男に会わせるのは癪《しゃく》ではあるが、仕方ない……」

それに応じてクレアも腰《こし》の剣《けん》を抜《ぬ》き、従者に当たり散らしている貴族を見据《みす》え――

「アウリープ様、こちらにおられましたか！　現在、とてもマズい事になっております。

使者の説明だけでは不十分であり、また、いくつか直接尋ねたい事があるので至急出頭せよとの事。やはり、アウリープ様自らが説明しない事には納得されない様で……」

と、突然《とつぜん》やって来たのは幾人《いく》もの騎士だった。

今までダスティネス家へ出向き、申し開きをしていたらしい。

急に人数が増えた事により、様子を見る事にしたらしいクレアとレイン。

イリスの護衛でもある二人は、この人数を相手にするのは危険と判断した様だ。

それを聞き、顔を蒼白《そうはく》にしたアウリープは慌てて駕籠に乗り込むと。

「貴様ら、ワシは体調を崩《くず》して帰ったと伝えておけ！　釈明《しやくめい》は体調が治り次第《しだい》、後日あらためて致《いた》しますとな！」

そんな命令を下し、街から立ち去ろうとするが……、

「……？　な、なんだ貴様ら。そこを退《ど》け！　平民風情《ふぜい》が何のつもりだ！」

それらの会話をなんとなく聞いていた通りすがりの冒険者達が、さり気なく道を塞《ふさ》いでいる。

十数名を超《こ》える騎士を相手に戦う様子は見せないものの、あきらかに邪魔《じやま》になる位置で立ち止まり、わざとらしく世間話を始めた。

だがそんな冒険《ぼうけん》者達に対し。

「こやつら、邪魔《じゃま》立《だ》てするつもりの様です。相手は丸腰《まるごし》の者ばかりですがどうしますか？」

「構わん、押し通れ！　その辺に魔法を放ち、こちらの本気を見せてやれ！」

「ほ、本気ですかアウリープ様⁉　ここは街中、しかもダスティネス家の膝元《ひざもと》ですが……」

「いいからやれっ！　このままでは捕まってしまうだろうが！」

そんなアウリープの命により、戸惑いながらも魔法の詠唱《えいしょう》を始める騎士達。

それを見たイリスがサッと顔を青ざめさせる。

「クレア、レイン！　このままでは街の人達が！　行きますよ、私達で止めるのです！」

そう言って飛び出して行こうとするイリスを、クレアが抑えた。

「お待ちくださいイリス様、あの者は本気です。ここは騒ぎを聞き付けた応援《おうえん》が来るのを待って、それと同時に取り押さえましょう。イリス様を危険に晒《さら》すわけにはいきません」

「クレア様のおっしゃる通りです！　街中で魔法なんて放てば大変な騒ぎになります。当然、警察が放っておくはずもなく、すぐに人が集まるはずです。相手は多勢に無勢、ここはどうか様子見を……」

二人の従者の言葉に、イリスは悲しそうな表情を浮かべ。

「わ、分かり……ました」

そう言って、聞き分けよく二人の忠告に従う。

おそらくイリスは、日頃《ひごろ》からあまりワガママをいう事がないのだろう。

詠唱を終えて空に魔法を打ち上げた騎士を見て悲しそうに。

そして、我慢《がまん》する事に慣れた辛《つら》そうな表情で、それでも騎士達の暴挙を目に焼き付ける。

——と、何やら悲壮感漂《ひそうかんただよ》う雰囲気《ふんいき》の三人だが、現場は場違《ばちが》いな展開になっていた。

「あっ、この野郎《やろう》、街中で魔法なんか使いやがった。さっきの会話の流れから、こいつララティーナに追われてんだろ？　もっと引き留めて足引っ張ってやろうぜ」

「でも見ろよ、あいつらとんだチキン野郎だ。あんなちっぽけなファイアーボールをわざわざ空に向けて撃《う》ってたぞ」

「ビービーリ！　ビービーリ！」

「おい、あんまり煽《あお》ると今にも血管切れそうだぞあのおっさん。あいつ貴族だって言ってたし、対貴族要員のララティーナ呼んでこい、ララティーナを」

街中で魔法を使われたにも拘《かか》わらず、わいわいと囃《はや》し立てる冒険者達。

その隣《となり》を、ファイアーボールなんかには見向きもせず、忙《いそが》しそうに住人達が通り過ぎた。

まあそれも当たり前というものだ。

なにせこの街においては……。

「まあ、街中でたかがファイアーボールごときを放った程度ではこんなものだろうて」

「バニル殿《どの》、この街はやはりどこかおかしくないですか⁉　魔法ですよ⁉　街中で魔法を放ったんですよ⁉　王都でファイアーボールなど放ったら、皆《みな》悲鳴を上げて大騒《おおさわ》ぎになりますよ⁉」

この街の常識のないレインが食って掛《か》かってくるが、この街には街中で爆裂《ばくれつ》魔法を平気でぶっ放す娘がいるのだ、今更《いまさら》こんな物で動じる冒険者や住人はいないだろう。

「この街には、通りすがりに爆裂魔法を放っていく風物詩もあるのでな。あまり気にするものでもない、汝《なんじ》はもっと世間というものを知るべきだ。ほら、そんな事より段々面白《おもしろ》い展開に……」

「そんな風物詩がありますか、そんな事でごまかされませんよ！　私は世間知らずでも常識知らずでもありませんよ！　というかこの街の冒険者は、貴族を相手になぜもあんなに堂々としていられるんですか⁉　貴族相手に剣を向ければ問答無用で処刑ですよ⁉」

「だから皆、ああして丸腰で喧嘩《けんか》しようとしているではないか」

「この街はやっぱりどこかおかしい！」

一人騒ぐ常識知らずのレインを尻目《しりめ》に、騎士《きし》達が剣を抜き放ち本気を見せる。

冒険者達にからかわれ、とうとう我慢が出来なくなった様だ。

それを見たイリスが顔色を変え、泣きそうな表情で。

「クレア、レイン……！」

「申しわけありませんイリス様、もうしばらくお待ちを！」

「じきに治安維持《いじ》のための応援が来ますので！」

二人の言葉に、イリスは小さな拳《こぶし》をキュッと握《にぎ》り締《し》め。

「……私だってお兄様の仲間から、喧嘩の仕方を教わったのに……」

俯《うつむ》いたまま呟いた。

「おっと、何を悲しむ我が主《あるじ》よ。我が一日主の目指したゴロウコウとやらは、わざわざ自らの手を汚《よご》したのか？　腕《うで》の立つ部下に戦わせたのだろう？」

我輩《わがはい》の言葉にハッと顔を上げたイリスは。

ちょっとだけ期待に満ちた目をクレアとレインの二人に向けた。

「ま、まさかイリス様……、あの数を相手に私達だけで突《つ》っ込めとはおっしゃいません…

…よね……？　その様な無茶《むちゃ》なワガママは……。いえ、ワガママを言われるのは嬉《うれ》しいのですが……ああ、イリス様にそんな目で見られると……」

「クレア様、我々の仕事はイリス様をお守りする事です、ここで流されては……」

おねだりの体勢に入ったイリスと殺気立つ騎士達を交互《こうご》に見比べ、わずかに腰が引ける二人を前に。

「あの様な相手など、汝ら二人が出るまでもない。ここは我輩に任せてもらおう」

悪魔《あくま》である我輩が、善行をするわけではない。

悪魔である我輩が、この一日主にほだされたのでもない。

うむ、そうだ、羽振《はぶ》りの良いこの主なら、我が活躍《かつやく》を見せればきっとボーナスの一つも弾《はず》んでくれるに違《ちが》いないという打算に過ぎない。

それにこの小さな主に仕えていると、何だか気分が昂《たか》ぶるのだ。

これは紛《まご》う事なき王者の資質。

王族には強力なスキルや高い資質を持って生まれてくる者が多いと聞くが、この娘《むすめ》も何らかのスキル持ちなのだろう。

きっとこの娘は将来、良き為政者《いせいしゃ》になる。

「ハチベエとやらはお調子者の称号《しょうごう》なのだろう？　フハハハハハ、絶好調！　絶好調！

今日の我輩、絶好調である！　アクセルの街において、今の我輩以上のお調子者などまずおらぬわ！　さあ一日主よ、汝の望みを言うがいい！」

「バニル殿、いきなりどうした⁉　相手はあの数、無謀《むぼう》にもほどが……！」

「お調子者とは、体の調子が良いという意味ではありませんよ⁉　というかバニル殿から、何だかもの凄《すご》い魔力が……！　イリス様、あの連中よりもバニル殿の方が危険です、どうか、おかしな事を命じるのは……！」

二人の従者が止める中。

我輩の力を本能で感じ取ったのか、キラキラと目を輝《かがや》かせながらイリスが言った。

「ハチベエ！　あの者達を懲《こ》らしめてやりなさい！」

5

大通りから外れた路地裏で、顔を赤くし汗《あせ》だくになったクレアがぐったりと座り込み、真っ青な顔をしたレインが四つん這《ば》いの体勢でひいひい言っている。

そして、一人だけあまり汗もかかず、軽く息を弾ませただけのイリスが、心の底から楽しげに笑っていた。

ふむ、これは完璧《かんぺき》な仕事が出来たのではなかろうか。

お調子者のムードメーカーの面目躍如《めんぼくやくじょ》である。

逃《に》げるために正体を明かす過程は飛ばしてしまったが、ここは締める時だろう。

我輩は辺りを見回すと、イリスに向けて促《うなが》した。

「よし、どうやら追っ手は撒《ま》いた様だ。ではイリス様、決めのセリフをお願いしたい。確か、こう言うのであろう？『ではこれにて、一件落着』……」

「落着してたまるかあああああ！」

真っ赤な顔を更《さら》に赤くし、クレアが突然絶叫《ぜっきょう》した。

「落着してたまるか！　何だアレは！　なあバニル殿、貴方《あなた》は一体何なのだ⁉　アウリープの配下の者が、貴方が腕を振《ふ》るうたび、まるでゴミの様に吹《ふ》っ飛んで……！」

「クレア様、思い出させないでください……。仮にも鍛《きた》えられた貴族の騎士達が、悲鳴を上げて泣きながら逃げ惑《まど》う姿なんて見たくありませんでした……」

特別報酬《ほうしゅう》が出ないものかと張り切って暴れてみたのだが、どうやらこの二人にとってはトラウマになってしまった様だ。

「何を言うか、死人を出さぬ様に必殺の光線シリーズも封印《ふういん》し、思い切り手加減しながら

戦ったのだぞ？　軽く懲らしめてやっただけなので、連中に怪我《けが》はあっても死者はおらぬ」

「その様な事を言っているのではない！　貴方が大暴れしたせいで、きっとあの後、街は大混乱に陥《おちい》っただろう！　これでは、問題を解決したというよりも我々自身が元凶《げんきょう》ではないか！　というか、アレで手加減をしただとか……」

言いながら、ゾッとした様に身を震《ふる》わせるクレアに続き、

「本当ですよバニル殿……。イリス様の願いは、悪党を懲らしめて庶民《しょみん》の前で活躍した後、堂々と正体を明かす事。それが、なぜ我々の方が衛兵に追われそうになるのですか……。これではとても正体など明かせませんよ……」

レインまでもがため息を吐《つ》きながらそんな事を。

二人の言葉を聞いて、ちとやり過ぎたかと反省する。

しかし、正体を明かす云々《うんぬん》に関しては実はもう手遅《ておく》れかもしれない。

というのも、あの貴族の男は暴れ回る我輩ではなく、イリスやクレアの顔を見て真っ青な顔をして震えていたからだ。

アレはどう見ても、イリスの正体に気付いていたと思う。

王族と喧嘩したと知られれば、あの貴族は問答無用で死罪だろう。

なので、正体を言いふらすとは思わないが……。

まあしかし、この街においてあの程度の喧嘩なら、短気などこかの貴族令嬢《れいじょう》がたまに起こす事でもあり、今更《いまさら》騒ぎになるとも思えない。

「あははっ」

そもそもあの貴族は審問《しんもん》から逃げようとしていたところであり、むしろ犯人捕縛《ほばく》に協力したという事で金一封《きんいっぷう》などを期待出来るのでは……。

「あはははは！　あはははは！　こんなに逃げ回ったのも、こんなに走り回ったのも！　そして、こんなにスカッとしたのも初めてです！　クレア、レイン、見ましたか⁉　あの横暴な貴族が自ら警察署に駆《か》け込み、保護を求めていましたよ？　こんなに楽しかったのは、お兄様と一緒《いっしょ》につまみ食いをして料理長から逃げ回った時以来かも！」

「イリス様、笑い顔がとっても素敵《すてき》なのですが、こんな騒ぎを起こして笑っている場合ではありません！」

説教しながらも、どことなく赤い顔をしたクレアは。

「まったくです、このまま衛兵に捕《と》らえられる事などあれば……。ああっ、私達を前にして、呆《あき》れ果てた表情を浮《う》かべるダスティネス卿《きょう》が目に浮かぶ……！」

レインの一言に、サッと顔色を青ざめさせた。

「か、帰りましょうイリス様！　わざわざこの街までやって来てこんな騒ぎを起こしたと知られれば、ダスティネス卿に合わせる顔がありません！」

「イリス様、クレア様の言う通りです。せっかくここまで来たのですからあの方にお会いしたいとは思いますが、今回はどうか、我慢《がまん》して頂ければと……」

そんな二人の申し出に、イリスは未《いま》だくすくすと笑いながら。

「ええ、今日のところはお兄様に会うのは止《や》めておきます。それは、また今度に致《いた》しますので……。ハチベエ、もう少し私に付き合ってはもらえませんか？」

6

何食わぬ顔で商業区に舞《ま》い戻《もど》り、堂々と通りを歩く。

警察に捕《つか》まらないかといつまでも辺りを気にし、キョロキョロしているクレアとレイン。

そして、そんな二人とは対照的に――

「ハチベエ、アレは⁉　アレは一体何ですか⁉　口からファイアーブレスを放つ人がいます！　あの方はもしやドラゴンハーフですか⁉」

「アレは大道芸というヤツですな。芸人連中にとってはあのくらい何でもない事の様で、我輩が勤めている店によく遊びに来る芸人も、小さな鞄《かばん》から初心者殺しを召喚《しょうかん》したりと色んな事をやってのけます」

「なるほど、かの職業の者はブレス系の魔法《まほう》と召喚魔法を同時に操《あやつ》れるのですね。戦闘《せんとう》に後方支援《しえん》にと、色んな場面で活躍しそうです……！」

興奮し、先ほど以上にあちこちの店に興味を示すイリスがいた。

「なるほど、あれが大道芸人……。魔王軍討伐《とうばつ》の部隊の中に、大道芸人も組み込むとしよう……」

「クレア様、大道芸人に戦闘能力はありませんよ。彼らが泣くので止《や》めてあげてください」

イリスはそんな二人の会話も耳に入らず、街を見て回るのがよほど楽しいのか、早く早くと我輩の手を引きながら駆け回る。

まあ楽しいのは仕方がない。

今日は、とある夏祭りの開催《かいさい》日。

近く、エリス感謝祭なる忌々《いまいま》しいものが催《もよお》されるのだが、この小さな祭りはそれの予行みたいなものらしい。

屋台というものを見るのは初めてなのか、イリスは目を輝かせながらあれこれと尋《たず》ねてきた。

「ハチベエ、お祭りとは毎年こんなに人が集まるものなのですか？　それに、ハチベエと同じ様に、変わった仮面を付けている人もいます。そろそろエリス祭りがありますが、それもこんな風に楽しいものなのですか？」

「アレは仮面ではなくお面ですな。そして、エリス祭りとやらには興味が無いのであまり細かい事は知りませんが、何でもその日は女神《めがみ》エリスがこっそり地上に降りてきて祭りを楽しんでいてもバレない様に、本物の女神が人に紛《まぎ》れやすい様にと、女神エリスのコスプレをするものが多いそうですな。つまり……」

そこまで言って。

年相応の子供の様に目を輝かせているイリスに向けて。

「祭りの期間中は、女神ですらこっそりと降臨するのだ。身分を隠《かく》したどこかのお姫様《ひめさま》が紛れ込んでいたとしても、誰《だれ》も気付かないだろうと思いますな」

口元にニヤリと笑《え》みを浮かべる我輩《わがはい》に、イリスは驚《おどろ》いた様に目を丸くした後。

「……なら、そのお祭り期間中に私の様なただの子供が紛れていても、ちっともおかしくないですね。……この街にお忍《しの》びで来るのは無理ですが、王都のエリス祭りにはこっそり参加してみようかと思います」

そう言って、にこりと笑った。

「——さて。バニル殿《どの》、すっかり世話になったな。今日は一体どうなるかと思ったが、あれほど街中をうろついたにも拘《かか》わらず、結局警察には誰一人遭遇《そうぐう》する事がなかった。案外、大した騒《さわ》ぎにはなっていなかったのかも……」

「そんな事はないはずです、あれで騒ぎにならないのならこの街はやっぱり異常ですよ！」

辺りはすっかり暗くなり、そろそろイリス達が帰る時刻。

クレアの言葉に対し、相変わらず常識のないレインが一人だけ騒いでいる。

「レイン殿《どの》、汝《なんじ》も淑女《しゅくじょ》であるのなら、もう少し落ち着きと常識を持つべきだ。通行人が見ているぞ？　あまり注目を浴びるものではない」

「私ですか!?　この街では、私の方が常識知らずなのですか!?　王都では、私は地味で目立たない事が悩《なや》みの種だったのに、何だか不思議な気分ですよ！」

「レイン、何をそんなに騒いでいるのだ。バニル殿の言う通り、もう少し落ち着くべきだ」

「私の方がクレア様に宥《なだ》められるだなんて!?」

いつまでも騒がしいレインは放《ほう》っておき、こちらを見上げるイリスに向き直る。

「ハチベエ、今日はお世話になりました。　お調子者なムードメーカーの役割を最後まで果たしてくれてありがとうございます。とっても楽しかったですよ？」

そう言って、イリスは楽しそうに笑みを浮かべた。

傍《そば》に控《ひか》える従者の二人もこちらに小さく会釈《えしゃく》する。

「こちらこそ、それなりに楽しかった。我が小さな一日主《あるじ》よ、機会があればまたいつでもこの街へ遊びに来るが良い」

そしてウィズ魔道具店《まどうぐ》をよろしくどうぞ。

「はいっ！　……あの、ハチベエ？　ハチベエは、そういえばどんなお仕事をしているのですか？　相談屋と言っていましたが、占《うらな》いなどといった商売は不安定なのでしょう？　ハチベエが良ければ、一日とは言わず、このまま一緒に来ては……」

と、我輩は小さな主の頭にポンと手を置き、そこまで言い掛《か》けたイリスを遮《さえぎ》る。

「いっそ何もかも放り出してそうしたいのは山々なのだが、どうにも放っておけない友人がいるのでな。だが、一日ハチベエくらいならいつでも引き受けようではないか」

その言葉に、イリスが再び笑みを浮かべる。

「はあ……。正直、バニル殿程《ほど》の力があればもっと大金を稼《かせ》げそうなものですが……。我々と一緒に来れば、良い仕事を紹介《しょうかい》しますよ？」

「クレア様、バニル殿に来られますと、私達の護衛の仕事がなくなってしまいます。というか、誰もバニル殿の力が異常だとは思わないのですか……？　バニル殿は先ほど、エリス祭りでは女神が遊びに来る話をしていた様ですが、暴れ回るバニル殿を見た時、私は魔王か何かが降臨したのかと思いましたよ」

口々にそんな事を言いながら、二人が綺麗《きれい》な礼をする。

それは紛《まご》う事なき貴族の礼。

我輩は、そんな二人に対し。

「これはもしもの時のためのいい転職先が見つかったな。今の生活にいよいよ耐《た》えられなくなったなら、その時は世話になろう」

そう言って、我輩も貴族にしか知り得ない礼を返した。

それを見た二人はギョッと目を見開き。

「あ、あの……。出会った当初から気にはなっていたのですが、バニル殿の立ち居振《ふ》る舞いや言葉遣《ことばづか》いなどから察するに……。ひょっとして、他国でそれなりの地位を持つ方なのでは？」

クレアの言葉にどう返すかと一瞬《いっしゅん》悩《なや》む。

「ずっと仮面を付けているのも、もしや高貴な身分を隠すため……？」

レインが小さくそんな事を。

さて、どう答えたものか。

我輩はこれでも地獄《じごく》の公爵《こうしゃく》。

適当に、他国の公爵を名乗っても良いのだが……。

「イリス様がただのチリメンドンヤの孫娘《まごむすめ》である様に、我輩は駆け出しの街の相談屋であり、とある魔道具店のバイトである。それ以上でもそれ以下でもない」

そう言って、ニヤリと笑った。

それを聞いて、ゴクリと唾《つば》を飲み込むクレアとレイン。

落ち着きなくソワソワしている事から、正体を知りたくて仕方なさそうだが……。

「これだけお世話になった以上、ハチベエにだけは正体を明かした方がいいですか?」

そんなやり取りを聞いていたイリスは、ちょっとだけ不安そうに。

だが我輩は、それに軽く首を振《ふ》る。

「汝が誰であろうと、今日のところは我が主。そして我輩はハチベエだ。さあ我が小さな主殿!　せっかくの可愛《かわい》い顔が台無しですぞ?」

そんな、調子の良い事を言って褒《ほ》め称《たた》える我輩に。

イリスと名乗る王女様は、年相応の少女の笑顔を見せた。

――星が瞬《またた》く空の下、魔道具店への帰路を急ぐ。

今日はかなり儲《もう》かった。

最初に渡《わた》された金の他《ほか》、今日は予想以上にハチベエ役を上手《うま》くやってくれたと、追加で更《さら》に金をもらってしまった。

これだけの金があれば、あのトラブル店主が多少の赤字を出したとしても、すぐさま金に困る事はなさそうだ。

うむ、やはりあの娘《むすめ》は見所がある。

我輩の仮面を褒め称えた事といい、もし本当に今の暮らしに何かがあれば、気まぐれに遊びに行くのも一興か。

……とはいえ、やはり我輩の願いは頼《たよ》りない友人を支え、その代わりにダンジョンを作ってもらう事だ。

我輩は、留守番をしているであろう店主に今日の土産話《みやげばなし》をすべく、魔道具店のドアを開ける。

「ウィズ、帰ったぞ！　聞くが良い、今日の稼ぎは大変なものだ！　相談屋において一番の上客が現れて……」

と、そこまで言い掛けて。

我輩は中を見て動きを止めた。

一体何があったのか、店の奥から瓦礫《がれき》の山を抱《かか》えたウィズが現れ、それを外に運び出そうとしていた。

と、入り口で呆然《ぼうぜん》としている我輩に気が付いたのか。

「ち、違《ちが》うんですバニルさん」

ゴミを抱えたままのウィズが、こちらを見ながら後ずさる。

「何が違うのか分からないが、今度は一体何をした。あまり聞きたくもないが、一応言いわけを聞こうではないか」

落ち着くのだ、つい先ほど、頼りない友人を支えると誓《ちか》ったばかりだ。

今にもイリス達の後を追い掛けて行きたい衝動《しょうどう》に駆《か》られるが、話を聞いてからでも遅《おそ》くない。

早まってはダメだ、今回は店主に何の非もないのかもしれない。

「実はその……。アクア様が作った聖水が好評でして、珍《めずら》しく全部売れたんですよ！」

焦《あせ》りの表情を浮《う》かべるウィズが、そんな意外な事を言い出した。

「売れた？　あの聖水が？　何かオチがあると思ったのだが、珍しく上手くいったのか」

一瞬不思議に思うも、よく考えれば聖水販売《はんばい》を考案したのはあの小僧《こぞう》だ。

小金稼ぎが得意なあの小僧が関《かか》わっているのなら、別に珍しい事でもないのか。

「それで、ですね。全部売り切れた事で喜んだ私とアクア様は、ノルマといわず、追加で生産して更なる儲けを出そうと思ったんですよ。ほら、アクア様は日頃迷惑《ひごろめいわく》を掛けているカズマさんに。私も、同じく日頃迷惑を掛けているバニルさんに、たまには良いところを見せたいなって思いまして……」

「つまり見返してやろうと思ったわけだな。それで？」

我輩の言葉にビクリと震《ふる》え、ウィズがおそるおそると店の奥を指差した。

「その……。奥にあった使えないポーションシリーズも、この際全部聖水にしてしまおうという事になったんですよ。ほら、瓶《びん》の中身だけ聖水にしてしまえば、わざわざ詰《つ》める必要もありませんし！」

ふむふむ。

「それで、ですね……。店の奥の不良在庫の中にですね、開けると爆発《ばくはつ》するポーションが……、って、ああっ!?　バニルさん、いきなりどこへ行くんですか!?　待ってくださいバニルさん、最後まで聞いてくださいよ！」

我輩《わがはい》はそこまで聞くと、イリスに雇《やと》ってもらうべく店を出た。

第三話
受付嬢はじめました

1

最近気になる娘《むすめ》がいる。

「はい、それではこちらが報酬《ほうしゅう》になります。お疲《つか》れさまでした！」

冒険《ぼうけん》者ギルドの片隅《かたすみ》で、今日の分の客を一通りさばいた我輩は、その気になる娘をなんとなく観察していた。

その娘の名前はルナと言う。

「ルナさん、こっちも精算頼《たの》むよ。いやー、予想外のモンスターが湧《わ》いてて苦労したよ。どうも他の地域から流れてきたみたいでさー。目に付いた突撃蟻《とつげきあり》は大体駆除《くじょ》しといたけど、もしかしたらまだ残ってるかも」

「それは大変でしたね、そういった情報は助かります。もしかしたら近くに巣を作ったのかもしれませんね。突撃蟻に出会った場所を教えてください、調査クエストを出す事にしますので。それと、討伐《とうばつ》報酬には色を付けておきますね。お疲れさまでした！」

荒《あら》くれが多い冒険者達に的確に応対し。

「ルナさーん、この依頼《いらい》にあった指名手配モンスター、現地に行ったら既《すで》に狩《か》られてたんだけど、依頼失敗になります……？」

「通りすがりの冒険者が退治しちゃったんですね。その場合、依頼失敗扱《あつか》いにはなりませんので安心してください、ペナルティ料は発生しませんので」

突発的に起こった問題にも解決にあたり。

「おいルナ、前々から気になってたんだけどよ、一体何を食ったらそんなに胸がデカくなるんだ？　俺のパーティーメンバーにリーンってヤツがいるんだけどよ、コイツがなかなか育たねえんだよな。可哀想《かわいそう》だから仲間としてアドバイスしてやりたいんだけど、何か良い知恵《ちえ》貸してくれよ」

「ダストさん、職員への暴言やセクハラはペナルティを受けますよ。あなたは、ただでさえ新人冒険者に絡《から》んだり喧嘩《けんか》したりといった揉《も》め事が多いんですから、場合によってはしかるべき措置《そち》を取りますからね」

そして、昼間から酒に溺《おぼ》れたチンピラをあしらったりなど。

「……バニルさん、どうしたんですかルナさんの方をジッと見て？　あのお姉さんは冒険者ギルドでも人気の受付嬢なんですから、嫌《いや》がらせなんかしたら他の冒険者の方から攻撃《こうげき》されますよ？　……ほら、ダストさんが早速《さっそく》他の冒険者から袋叩《ふくろだた》きにされてますし」

そんな受付嬢が、とても気になっていた。

我輩は、隣《となり》の席でトランプを並べ、一人神経衰弱《すいじゃく》に興じていたゆんゆんをチラリと見る。

「別に嫌がらせをしようなどとは思っていない。あの娘は我輩にとってのお得意さんなのだ。なにせこうしてギルドの片隅を貸して貰《もら》い、悩《なや》みを抱える客を紹介《しょうかい》して貰ったりと世話になっているからな」

だからこそ、こうして悩んでいるのだが。

「それにしては難しい顔してましたね。バニルさん、暇《ひま》なら私と神経衰弱しませんか？　私、ボードゲームやトランプに関しては結構自信があるんですよ。少額ならお金を賭《か》けても良いですよ？」

よほど遊んで欲しいのか、ゆんゆんはそう言ってソワソワしながらトランプを切り、テーブルの上にカードを並べた。

「よしよし、ではまずは我輩からでよいか？　おっと、無難にペアが取れたな。おおっと、またもやペアが。やや、これはどうした事か。我輩のターンで全《すべ》て取れてしまったではないか。では賭け金を払《はら》って貰おう」

「見通す力を使うのはズルいですよ、私何も出来ないまま終わっちゃったじゃないです

か！」

そんな罵声《ばせい》を浴びせながらも律儀《りちぎ》に小銭《こぜに》を置くゆんゆんに。

「実は、最近気になる相手がいてな……」

ゆんゆんは、再び切ろうとしていたトランプの束をバラバラと床《ゆか》に落とした。

2

それは使い道がないガラクタ商品をどうにか処分しようと、店の倉庫を整理していた時の事。

何か面白《おもしろ》そうな物はないかと、倉庫の奥を物色していた女神《めがみ》がぽかんと口を開けたまま固まる中で。

「すいませんバニルさん、もう一度言ってもらえますか？」

同じく呆然《ほうぜん》とした表情のまま固まっていたウィズが、我に返って聞き返してきた。

我輩は作業の手は止めないままで。

「最近、何だか気になる相手が出来たと言ったのだ」

先日はゆんゆんに。

そして、先ほどウィズ達に対して口にした言葉をもう一度告げた。

我輩はそのまま作業を続けるべく商品の一つを手に取った。

これは一体どんな効果がある物だったか……。

「ってバニルさん、何平然と仕事してるんですか！　ババババ、バニルさんに気になる人が!?　それってどんな方なんですか!?　相手は人間ですか!?　普段《ふだん》わけの分からない事ばかり言っていた堅物《かたぶつ》のバニルさんに、とうとう春が……！」

「ちょっと落ち着きなさいなウィズ。コレの事だから、どうせ防具屋に飾《かざ》ってある全身鎧《よろい》の兜《かぶと》が気になるとか、祭りで見たお面が気になるとかそんなオチだわ。期待するだけ無駄《むだ》ってものよ」

失礼な事を言う二人をチラリと横目で眺《なが》めると。

「相手は人間の娘である。……そんな事より、この魔道具《まどうぐ》はどの様な効果を持つのか覚えているか？」

「そんな事より!?　今は魔道具の事よりも大事な話があるでしょう！　ちなみにその魔道具は、装備すれば盗賊必須《とうぞくひっす》のスキルであるスティールが使えるという凄《すご》い物です！　消費魔力がもの凄く高い上に、盗賊職にしか装備出来ないのが難点ですが……。それよりも！　相手は人間の方なんですね⁉」

　魔道具ではなくただのガラクタだった様だ。

「ねえウィズ、予想外の展開に私ったらちょっとだけ動揺《どうよう》してるんですけど」

「バニルさんと長い付き合いの私なんて、アクア様以上に動揺してますよ！　正直なところただの冗談《じょうだん》か何かだと思っていたんですが……！」

　勝手に盛り上がり勝手に騒《さわ》ぐ二人を前に、我輩は手にしたガラクタを投げ売り用の箱に放《ほう》り込む。

「そ、それで⁉　バニルさん、その方とどうしたいんですか⁉」

　どうしたいと言われても。

「今のところ、特に何かしたいとは思っていない。この娘は現在のところ、我輩《わがはい》の一番のお得意様なのだ。普段からあまり話もしない間柄《あいだがら》だが、ここで事を起こして今の関係がこじれてしまっては今後の商売に響《ひび》くからな。せっかく新しい商売が軌道《きどう》に乗っているのだ、余計な事はするものではない」

　言いながら、我輩は次のガラクタを手に取ると……、

「何を言っているんですか、そんな、バニルさんらしくもない！」

と、それをウィズに奪《うば》われた。

「……しょうがないわねー。あんたの事は嫌《きら》いだけど、こんな面白そうな事聞いちゃったら黙《だま》ってなんかいられないわ！　ウィズ、ここは私達の豊富な恋愛《れんあい》経験を活《い》かしてアドバイスするのよ！　この性悪悪魔《あくま》に借しを作っておくのも悪くないわ！」

「豊富な恋愛経験……。アクア様、私冒険者時代はひたすら戦ってましたし、お店の経営者になってからは毎日必死で働いていたので、そういった事はあまり……」

「大丈夫《だいじょうぶ》、私が女神のお仕事をしていた頃《ころ》、毎日暇を持て余しては漫画《まんが》ばかり読み耽《ふけ》っていたの。そしてもちろん恋愛漫画も押さえてあるから完璧《かんぺき》よ。まあ私に任せなさいな」

この二人は本当に何を盛り上がっているのだろうか。

ドヤ顔女神は行儀《ぎょうぎ》悪くも机に座り、偉《えら》そうに腕《うで》を組んで言ってきた。

「悪魔のあんたには女の子の気持ちなんて分かんないでしょうから、私が的確に指南してあげるわ！　その子がどんな人かは知らないけど、まずは相手が喜びそうな物を貢《みつ》いでみるの。そうする事で、どんな女かよく分かるわ！　大して知りもしないあんたからあっさりプレゼントを貰う様なら、その女は止《や》めときなさい！」

この女神は何を張り切っているのだろう、ハッキリ言って迷惑《めいわく》なのだが。

と、我輩からガラクタを奪ったウィズがそれをさり気なく棚《たな》に戻《もど》し、祈《いの》る様に手を組み合わせる。

「バニルさん……。長い付き合いの友人として、私はあなたを応援《おうえん》します。赤字は出さないと誓《ちか》いますから、安心して出掛《でか》けてください。ただ、友人として一つだけお願いしたい事があります。バニルさんの力を使えば事は簡単に運ぶのかもしれません。でも、見通す力を使った上で築いた関係なんて、最初は上手《うま》くいっても、やがて虚《むな》しくなるだけです。どうか力を使わずに、その手で幸せを掴《つか》んでくださいね」

そう言って、静かに笑い掛《か》けてきた。

「そんな事より棚に戻したガラクタを寄越《よこ》せ」

3

相手は魔道具店の得意先である。

だからこの気持ちは抑《おさ》え込もうと思っていた。

だが店主があまで言ってくれるのだ。

ここは、あの連中の言う事に素直《すなお》に従ってみるのも一興か。

というわけで我輩は、疑わしいとは思いつつもあの女神の助言を実行に移す。

それはすなわち……。

「ルナ殿《どの》はおられるか？　今日はプレゼントを持ってきた。どうか、受け取って欲しい」

「……新手の嫌がらせですか？」

最近特に気になる相手に、開口一番そんな事を言われてしまった。

やはりあの女神の助言は聞くものではない。

「嫌がらせをするのは好きか嫌いかと問われれば大好きですと答える我輩だが、今回のコレに関しては純粋《じゅんすい》なプレゼントである。日頃お世話になっているお礼にと思ってな」

ここは冒険《ぼうけん》者ギルドのカウンター。

我輩が差し出したプレゼントを前に、顔を引きつらせたままルナが言った。

「これ以上にない嫌がらせだと思うんですが、これは一体何の真似《まね》ですか？」

「言葉通りの意味である。日頃の礼としてわざわざ近隣《きんりん》から狩ってきたのだ」

我輩渾身《こんしん》のプレゼントに。

「……その、これがお礼だと言うのなら、なぜモンスターの死骸《しがい》を私に押し付けるのかお尋《たず》ねしても？」

「いつも冒険者達から討伐《とうばつ》モンスターの買い取りをしているであろう？　汝《なんじ》はモンスターの死骸を集める趣味《しゅみ》でもあるのかと思い……」

「ありませんよそんな趣味は！　食べられない討伐モンスターの死体にも値段を付けて買い取っているのは、そのまま死骸を放置すると他《ほか》のモンスターの餌《えさ》になったり病気の温《おん》床《しょう》になるからですよ！　それに、モンスターの買い取りは冒険初心者の方の支援《しえん》という意味もあるんです。……というか、以前バニルさんには、モンスターの生態系を変えない様にとお願いしたはずなのですが……」

「なに、その辺は抜《ぬ》かりない。数が減ったモンスターの縄張《なわば》りには、我輩自作の笑って自《じ》爆《ばく》なバニル人形を大量に彷徨《さまよ》わせているので……」

「回収してくださいお願いですからっ！」

……見通す力を使わないで関係を築くというのは難しい。

我輩の初アプローチは、失敗に終わった様だった。

「──どうだった？　ねえどうだった？　プレゼント作戦は！」

店に戻ったその日の夜。

興味津々《きょうみしんしん》な忌々《いまいま》しい女神が期待に満ちた眼差《まなざ》しで結果を問う。

「どうもこうもない。我輩渾身の貢ぎ物はすげなく拒否《きょひ》されてしまった。そして、今後こういった事はしないで欲しいと釘《くぎ》を刺《さ》されてしまったわ」

それを聞いた女神は、顎《あご》に手を当て眉《まゆ》を寄せた。

「ほう。これは何とも予想外な展開になったわね」

そんな女神の呟《つぶや》きに。

「ア、アクア様？　予想外な展開とはどういう事でしょう……？」

ウィズの問いに、深刻そうな表情の女神が言った。

「あのね、この腹黒悪魔の事だから、どうせわけ分かんない変な女に惹《ひ》かれてるんだろうって思ってたのよ。ところがせっかくの貢ぎ物にも惑《まど》わされず、それどころかこういった事を止める様にって言える良い子だと聞いて、その子のためにも邪魔《じゃま》してあげた方がいいのかしらと思ってね」

「アクア様、それはいくら何でもあんまりですよ！　バニルさんにも普通《ふつう》の子を好きになる権利だってありますから！　バニルさん良かったじゃないですか、相手の方はとても真面目《まじめ》そうで！」

わけの分からない事で騒ぐ二人に若干呆《じゃっかんあき》れた我輩は。

「我輩はその娘《むすめ》が気になると言っているだけで、別に恋《こ》い焦《こ》がれているわけではないぞ」

「ねえウィズ、この悪魔こんな強がり言っちゃってるんですけど」

「バニルさんてば素直じゃないですね、照れてるんですよきっと」

遠巻きにしながらヒソヒソと話し始めた二人は放っておき、明日の仕事に備える事にした。

4

翌朝。

「今日は昨日の失敗を踏《ふ》まえ、まずは相手の子の情報収集に当たるべきだと思うの」

商品の配達を終えた我輩が店に帰ると、そこには面倒臭《めんどうくさ》いのが遊びに来ていた。

この女神《めがみ》は、気が付けば街の至るところでウロウロしているのを見掛《みか》けるのだが、よほど毎日暇《ひま》なのだろうか。

女神の隣《となり》ではウィズがうんうんと頷《うなず》きながら。

「そうですね、どんな相手かが分かればそれだけ攻略《こうりゃく》しやすいはずです。名前までは聞きませんので、せめてバニルさんが今知っている、相手の特徴《とくちょう》を挙げて貰《もら》ってもいいですか？」

……ふうむ、あの娘の特徴か。

特徴というか、日々の仕事は……。

「そうだな、常日頃《つねひごろ》から色んな輩《やから》の後始末に奔走《ほんそう》しているな」

そう、冒険者が起こした問題の後始末だ。

「なるほど、面倒見がいい方なんですね」

「あんた意外と女性を見る目があるのね。女神ポイントを十点あげるわ。他には？」

女神ポイントとやらが少し気になったが、後は……。

「何も分かっていない危なげな連中には注意を促《うなが》し、金のない連中には向いた仕事の斡旋《あっせん》などを行っているな」

そう、駆《か》け出し冒険者への注意事項《じこう》と、そんな連中へ向けての初級クエストの斡旋だ。

「本当に面倒見のよい方なんですね……。まるでエリス教会のプリーストさんみたいです」

「女神ポイントを二十点加算ね。……その子ってもしかして、アクシズ教団のプリーストじゃないでしょうね」

他に特徴といえば……。

「美人で胸が大きい事くらいであろうか」

「ガッカリですよ！　バニルさんにはガッカリです!!」

「減点よ！　あんたに女神ポイントは早過ぎたわ！」

ギルドで人気の受付嬢《じょう》であるあの娘の下《もと》には、いつも冒険者の行列が出来ていた。

ていうかこの女神の仲間の小僧《こぞう》も、いつもその娘にクエストの処理などをおこなって貰っているはずだ。

「まあ何にせよ、これでちょっとは分かってきたわ。どうやら相手は非の打ち所のない高《たか》嶺《ね》の花みたいね。色物枠《わく》のあんたにはハードル高いわ、諦《あきら》めなさい。もうあんたが振《ふ》られるオチも読めたし、帰るとするわね」

「アクア様酷《ひど》いですよ、バニルさんにだって良いとこはありますし、まだ分かりませんよ⁉　バニルさんはこう見えて、子供とおばさんには好かれるんですから！」

何やら失礼な事を言っている二人はおいておき、まずは相手の情報収集、か。

なるほど、確かに一理あるな。


「──で、こんな事してるわけですか」

というわけで、今日もやって来た冒険者ギルド。

本日は相談屋の仕事は休業だ。

どことなく呆れた表情を浮《う》かべるゆんゆんに、我輩は手にしたグラスを傾《かたむ》けながら。

「今日は客として来ているのだから、堂々と相手の観察が出来る。何だかんだと言いながらも傍《そば》から離《はな》れぬ寂《さみ》しんぼ娘よ、女神エリス感謝祭の時には我輩の出店を手伝って貰った事であるし、今日は貴様にも奢《おご》ってやろう」

「寂しんぼ娘はやめてくださいよ！　でも、そういう事なら……」

そう言って早速《さっそく》ジュースを注文したゆんゆんは、友人に何かを奢って貰うのが初めてで嬉《うれ》しいのか、運ばれてきたジュースには手を付けず、それを眺《なが》めたまま上機嫌《じょうきげん》でニマニマしていた。

何とも安上がりな娘である。

と、そこに一人の影《かげ》が差した。

「よう、バニルの旦那《だんな》とクソガキじゃねえか。今日は仕事してないみたいだけど、こんな所で何してるんだ？」

アクセル名物のチンピラ冒険者ことダストである。

ダストは、ゆんゆんの前に置かれていたジュースを無造作に摑むと一気に呷《あお》り、我輩《わがはい》の視線の先を目で追った。

「はは一ん、旦那も隅《すみ》に置けねえなあ。あの受付狙《ねら》ってんだろ？　確かにありゃあ結構な巨乳《きよにゆう》だしな、気持ちは分かる……」

「ああああああーっ！」

「うおおっ!?　お前いきなり何すんだ！　おいやめろクソガキッ、よく分かんねえが喧嘩《けんか》売るんなら買ってやるから表に出ろ、コラッ！」

ジュースを盗《と》られたゆんゆんがダストに襲《おそ》い掛《か》かる中、我輩はといえばルナの仕事ぶりを観察していた——

「ですから！　お宅んとこの冒険者はギルドが責任持って取り締《し》まってくださいよ！　これで三度目ですよ、酔《よ》っ払《ばら》った冒険者がウチのホテルで全裸《ぜんら》になったのは！　ウチには貴族の方も泊《と》まりにくるんです！　それに、我々一般《いっぱん》人に冒険者を取り押さえられるわけがないじゃないですか！　以前は高いホテルに泊まる駆け出し冒険者なんていなかったのに、最近はやたらとウチに泊まりたがる人が多くて……！」

「すいませんすいません！　ウチの冒険者がそちらの高級ホテルを利用する事が多くなったのは、デストロイヤーに続いてクーロンズヒュドラという賞金首を狩《か》った事で、皆《みんな》小金持ちになったからでして、でもきっと、その内に飽《あ》きると思いますので……！　しかし、彼らは自由な気風を愛するもので、高級ホテルに泊まるなとギルドが命じるわけにも……」

「だったら、ウチに職員でも何でも派遣《はけん》して、粗相《そそう》する連中を止めてくださいよ！」

「すいません！　本当に申しわけありません！　では、手の空いている職員を行かせますので！」

どうやら彼女は、どこかのアホがやらかした後始末の真っ最中の様だ。

ギルドの隅に店を出してから今日に至るまで彼らを観察して分かったのだが、冒険者《ぼうけんしゃ》ギルド職員の仕事というのは実に多岐《たき》にわたる。

モンスターの詳細《しょうさい》な情報収集から始まり、魔王《まおう》軍の動向を探《さぐ》る事、新人冒険者の育成、教育、モンスター素材の引き取りに国や住民から支援金を集める、特定のモンスターを狩り過ぎる事で普通の害獣《がいじゅう》が増え、農作物への害獣被害《ひがい》が広がらない様、モンスターの数の管理など。

そして。

「ルナさんルナさん、大変です！　狩人《かりゅうど》組合から直訴《じきそ》状が届きましたよ！『狩猟《しゅりょう》のために森に入っても、一日一回必ず起こる例の爆発《ばくはつ》のせいで狙っていた鳥達が一斉《いっせい》に飛び立ち困っている。もう撃《う》つなとは言わないので、せめて時間帯と場所を決めて欲しい』との事です！」

「……分かりました。例の爆発を起こす人をギルドに呼び出してください。狩人組合には後で私が返事を書いておきます」

「了解《りょうかい》です！」

最も多い仕事が、この街の冒険者達の尻拭《しりぬぐ》いだった。

「すいません、この街の冒険者ギルドはここでいいですか？　私は医療用《いりょう》スライムを取り扱《あつか》っている者なんですが、先ほど騎士《きし》様のような金髪碧眼《きんぱつへきがん》の女冒険者に絡《から》まれまして……」

「金髪碧眼の女騎士……。それで、その人に絡まれたとはどういう事でしょうか？」

「それが……。『貴様、そのスライムは何だ!?　スライムに詳《くわ》しい私の見たてでは、それは普通のスライムではないな？　魔改造スライムか？　衣服だけを溶《と》かす、魔改造スライムだろう？　……はーん、さては街の住人にそのスライムをけしかけ、婦女子を剝《む》いていかがわしい事をしようと企《たくら》んでいたのだな卑劣《ひれつ》漢め！　街の治安を守る冒険者として、このスライムは没収《ぼっしゅう》する！　代金は払《はら》ってやるからありがたく思え！』と一方的に言われ、輸送中のスライムを奪《うば》われたんですが……」

「申しわけありません、医療用スライムは至急取り返してきますので少々お待ちください。……手の空いてる職員は、誰《だれ》かスライムを取り返してきて！　きっと抵抗《ていこう》されるだろうから、屋敷《やしき》に行って保護者の彼を連れて行って！」

我輩の視線の先で、慌《あわ》ただしく動く職員達。

……先ほどから、我輩の知り合いの冒険者が関《かか》わっている案件ばかりな様だが……。

「あの、バニルさん？　ひょっとして、バニルさんが気になる人っていうのはあのお姉さんなんですか？」

と、我輩が誰を見ているのか理解したゆんゆんが、いつの間にか隣に来ていた。

先ほどダストと共に表に出て行ったと思ったのだが、無事勝利した様だ。

「うむ。ここ最近、あの娘が酷く気になってな。今もあの娘が働いている姿をこうして見ているだけで、胸が熱くなり今にも娘《むすめ》の傍に駆け寄りたくなる」

「そ、そこまで……！」

赤い顔をしたゆんゆんが、何だか熱っぽくこちらを見てくる。

「バニルさん、私応援《おうえん》します！　悪魔と冒険者ギルドの受付嬢。本来なら、モンスター討《とう》伐《ばつ》を指揮するギルド職員は悪魔の敵です！　ですが、結ばれそうにない恋《こい》だなんて凄《すご》く憧《あこが》れるじゃないですか！　それに、友達の恋を手伝うだなんて、素敵《すてき》じゃないですか！　何だか友達っぽいじゃないですか!!」

若干《じゃっかん》テンションがおかしい上に何か勘違《かんちが》いしている様だが、手伝ってくれるというならやぶさかではない。

――ゆんゆんを連れて店に帰ってきた我輩に、ウィズがバタバタと駆け寄ってきた。

「お帰りなさい！　ど、どうでした？　バニルさんの気になる方の攻略《こうりゃく》方法は何か見つかりましたか？」

何かを期待するかの様なウィズの言葉に、我輩は小さく首を振る。

「見通す力を使わずに事を成すのはなかなか大変でな。普段《ふだん》力に頼《たよ》っている弊害《へいがい》がこんなところで現れたわ。口惜《くちお》しい事この上ないが、これも我が願いが成就《じょうじゅ》するまでの下準備と思う事にするか……」

「バニルさん、本当に力を使わなかったんですね……！　そうです、結ばれるまでの努力こそが、恋が成就した後の最高のスパイスになるんですよ！」

と、そんな事をどこかホッとした様子でウィズが言った。

だが、ふと表情を陰《かげ》らせると。

「でも……。今のままじゃ、バニルさんがどうしても辛《つら》いというのなら……その……見通す力を……」

と、我輩は何か言い掛けたウィズを遮《さえぎ》り。

「ほう、先ほどまでは自信満々だったのに、一体どうした風の吹《ふ》き回しだ？　恋とやらに詳しい様だが、参考までに汝《なんじ》の恋愛遍歴《れんあいへんれき》を尋《たず》ねてみても」

「それでは今後どうするかを決めましょうか！　ゆんゆんさんは何か良い考えはありますか!?　無いですか!?　そうですか！　ならこれを使いましょう、実はとっておきの魔道具が……！」

「ウィズさん!?　わ、私まだ何も言ってないんですけど！」

我輩の言葉を遮ったウィズが、店の奥に魔道具を取りに行くのと同時。

店のドアがバンと勢いよく開けられた。

「聞きましたよバニル様！　人間の小娘《こむすめ》にバニル様が惑《まど》わされていると！」

開け放たれたドアの前に立っていたのは二人の悪魔。

それは、この街でとある店を経営しているサキュバスだった。

5

一体どうしてこうなった。

我輩は、ただあの娘の事が気に掛かるだけなのだが……。

「バニル様、お願いですからどうか正気に戻《もど》ってください！　相手は人間、しかもまだ二十年やそこらしか生きていない赤子同然の娘と聞きました！　このままでは私達が崇拝《すうはい》するバニル様にロリコン疑惑が付いてしまいますよ!? この私ではダメですか!? 私じゃダメだというのなら、店の中で最も年若い者も連れて参りましたのでどうかこの子で！」
「どうか私で！　いえ、というかそもそも相手の方からバニル様に惹《ひ》かれたというのなら
ともかく、聞けばバニル様の方が相手の子を追い掛けているだとか！　そんな事をバニル
様の部下の方達が聞いたら泣いちゃいますよ！　なのでここは一つ、どうか私で!!」
　この街において怪《あや》しげな店を経営しているサキュバスと、その店で最も年若いロリサキ
ュバスが口々に訴《うった》えかけていた。
　このサキュバス達は我輩がこの街に住み着くと同時、我が下《もと》に挨拶《あいさつ》にやって来た、地獄《じごく》
においての我が領地の民達なのだが……。
「まあ待てお前達。少し落ち着くが良い。というか、そもそもこの話を一体誰から聞い
た？」
「目付きが悪く、くすんだ金髪《きんぱつ》を持つ常連さんからの情報です」
　あいつか。
　と、突然《とつぜん》の展開に付いていけず、ちょっと離《はな》れたところからこちらを見守るウィズ達の
前で、ロリサキュバスが胸に抱《だ》いた写真集をバッと見せ付けてきた。
「私は、見ての通りバニル様のファンなんです！　バニル様は皆の憧れで格好良いんで

す！　セクシーなんです‼　悪辣《あくらつ》なんです‼　それが、ポッと出の人間なんかに翻弄《ほんろう》されてるだなんて……！」

それは我輩《わがはい》の写真集。

とあるツテで借り受けた魔道カメラを使い、遊び半分で撮影《さつえい》してみた写真集だったのだが、試《ため》しに限定販売《はんばい》をしてみたところ、これが近隣《きんりん》に住む淫魔《いんま》達に飛ぶように売れたのだ。

と、ずっと様子を窺《うかが》っていたゆんゆんが、おずおずと片手を挙げる。

「あの、バニルさん……？　さっきからの会話の流れからして、ひょっとしてその人達って悪魔だったり……？」

「うむ、悪魔というかサキュバスだな」

「『ライト・オブ・セイバー』ッッッ‼」

我輩の返答を聞くや否《いな》や、ゆんゆんは魔法を発動させた。

かざした右手を白く光らせたままバッと左手でマントを払うと、二人のサキュバスに向け名乗りを上げる。

「我が名はゆんゆん！　アークウィザードにして、上級魔法を操《あやつ》る者……。紅魔《こうま》族随一《ぞくずいいち》の魔法の使い手にして、やがては長《おさ》となるべき者！　友人の恋路《こいじ》を邪魔《じゃま》する悪魔！　この私が痛あっ⁉」

暴れ出そうとしたゆんゆんの頭をはたいて止めると、突然上級魔法を行使されそうになったロリサキュバスは、胸に写真集を抱き締《し》めたまま怯《おび》えた様に後ずさる。が、戦う力などないはずのロリサキュバスは、表情を引き攣《つ》らせながらも逃《に》げ帰ろうとはしなかった。

我輩はため息を吐《つ》きながら。

「一体何を勘違いしているのか分からんが、汝らが心配する様な事ではない。ほれ、その写真集を貸すがいい。サインしてやるから今日のところは帰るのだ」

そう言って写真集を取り上げると、ロリサキュバスはパアッと顔を輝《かがや》かせた。

「バニルさんバニルさん、その写真集ってのは何なんですか？」

「うう、痛い……。あっ、私もそれちょっと気になります」

我輩達のそんな様子を窺っていたウィズが、頭をさするゆんゆんと共に興味を示した。

「これは我輩の、一糸まとわぬあられもない姿を収めた写真集だ。お試しで販売してみたのだが淫魔達の間で大人気でな。今ではプレミアが付いているそうだ」

「!?」

それを聞いた二人はチラチラと我輩の仮面を見ると、身を屈《かが》めてひそひそと話しだす。

「一糸まとわぬ姿、って……。ウィズさんは付き合いが長いんですよね？　バニルさんの素顔《すがお》って見た事あります？」

「いえ、それが……。仮面が本体らしいんですが、未《いま》だにその下は見せてもらっていないんですよ。近所の奥さん達には見せていたりするのですが……。どんな秘密があるのか分かりませんが、なぜか私やアクア様には頑《かたく》なに見せようとはせず……」

女神《めがみ》やウィズに仮面の下を見せないのは、単に見たがる相手には勿体《もったい》ぶりたいというだけなのだが。

そんな二人の視線は、ロリサキュバスが抱く写真集へと向けられていた。

と、そんな中、年上サキュバスがおずおずと。

「それでバニル様……。結局、その人間はどうするおつもりなのですか？」

ふうむ。どうするつもり、か……。

相手は今の我々にとって最大の取引先である冒険者《ぼうけん》ギルドの関係者。

そんな所に勤める職員を相手に、あまり派手な事をやらかすわけにもいかぬ。

「我輩は、その娘の傍《そば》にいられるだけで十分なのだ。これ以上は望まぬ。それがこの店のためでもあるからな」

そう言いながら、我輩が写真集にサラサラとサインを書くと……。

「バニル様はそんな弱気な方なわけがありません！　バニル様ならきっと、全《すべ》てを見通すバニル様ならきっと……！　きっと、そんな小娘の一人くらい簡単に落としてみせてくれるはずです！　それが私達の憧れ、バニル様ですから！」

目に涙《なみだ》を浮《う》かべながら、ロリサキュバスが訴えた。

「こ、こらっ！　すいませんバニル様、満月が近いものですから、この子ったら興奮しちゃって……！」

……このサキュバスが言う通り、悪魔族にとって満月の夜とは、最も感情が昂《たか》ぶり力が満ち溢《あふ》れる時だ。

そう、今宵《こよい》は綺麗《きれい》な月が昇《のぼ》っている。

突然気持ちが昂ぶってきたのも、きっとこの月のせいに違《ちが》いない。

目の前の我が臣民が、未だ悲痛な顔で訴えかけてくるからではないはずだ。

「ふ、ふふ……」

思わず笑いが漏《も》れてくる。

そうだ、我輩は見通す悪魔。

「フハハ……。フハハハハハハ……！」

一体何を悩《なや》む必要がある。

「バ、バニル様？」

二人のサキュバス達は、どこか期待に満ちた目で我輩を見上げてくる。

そうだ、何を遠慮《えんりょ》する事がある。

一体いつから我輩はこんなに丸くなってしまったのか。


我輩は全てを見通す大悪魔《だいあくま》。

我が欲望《よくぼう》のままに振《ふ》る舞《ま》った結果、現在における最大の取引先を失おうとも。

そのせいで、たとえ夢であるダンジョン建設が遅《おく》れてしまったとしても。


「フハハハハハ！　この我輩が、自らの欲望を抑《おさ》えるなどとはらしくもない事をしておったわ！　よし、欲望のままに身を任せ、我が力を見せてくれよう！　おい、先ほどから我輩の写真集をチラチラ見ながらいかがわしい妄想《もうそう》に耽《ふけ》っているドスケベ店主！」

「ドスケベ店主!?　ちょ、ちょっと待ってくださいバニルさん、別に妄想に耽ってなんていませんから！　ちょっと中身が気になっただけで……！」

「わ、私も変な妄想なんてしてませんよ!?　そう、同じく仮面の下が気になっただけで……！」

「そんな事はどうでもいい！　そんなに写真集が気になるのなら、倉庫に新品が残っているので後でいくらでも見るがいい！　それよりも!!」

我輩は、ウィズを見ると。

「すまんな店主。力を使うなという汝《なんじ》の助言は聞き入れられぬ。我が忠実なる部下の手前、全力で力を振るわせて貰《もら》うぞ！」

ニヤリと口元を歪《ゆが》めて言い放った。

怒《おこ》るかと思われた我が友人は。

「はい、いってらっしゃい」

そう言って、ちょっとだけ嬉《うれ》しげに微笑《ほほえ》んだ。

6

冒険者ギルドにいた客達は皆《みな》帰路につき、そろそろ日付も変わる頃《ころ》。

我輩は、薄暗《うすぐら》くなった冒険者ギルドにやって来ていた。

厨房《ちゆうぼう》の火も落とされて、ギルドの中は小さなテーブルに置かれた小さなランタンで照らされている。

「……どなたですか？　もう冒険者ギルドの営業は終わりましたよ？」

そのランタンの下では、たった一人で書類仕事をしているルナがいた。

日々ニコニコと笑《え》みを浮かべながら苦情を聞き、そしてあらゆる揉《も》め事を解決する。

荒《あら》くれ者や権力者を相手取り、一歩も引くことなく働き続ける受付嬢《じょう》。

誰《だれ》よりも早くギルドに出勤し、誰よりも遅《おそ》く帰路につく。

我輩は、そんな彼女の事がずっと気になっていた。

「汝は、今日もこんなに遅くまで働いていたのか」

我輩の言葉にルナは、自嘲《じちょう》気味にふふっと笑う。

「これが私の仕事ですから」

それと同時に漂《ただよ》う香《かお》り。

とても甘くて、香《こう》ばしく。

このギルドに来てからというもの、ずっと気に掛《か》かっていた極上《ごくじょう》の香りだ。

……やはり良い。

この娘《むすめ》の事が、とても気になる。

「聡《さと》い汝の事である。おそらくは、我輩の真の正体には気付いているな？」

「知ってますよそんな事。今更《いまさら》何を言っているんですか」

ルナがちょっとだけ呆《あき》れた様に。

「なら話は早い。今後、このギルドとは長く、そしてより良きお付き合いを出来ればと考えている。そこであらためて自己紹介《しょうかい》だ。我輩は、見通す悪魔バニル。元魔王軍幹部の一人にして地獄《じごく》の公爵《こうしゃく》、バニルである。……そしてもちろん」

そんな事はもう知っていると言いたげなルナに向け。

「汝の日々の苦労も心の内も、我輩は全て見通している」

我輩は、持参した酒瓶《さかびん》をドンと置き。

「さあ、良きお得意様よ！　今宵はこの我輩が、汝が溜《た》め込んだ愚痴《ぐち》を聞いてやろう!!」

――既《すで》に日付は変わり、それから小一時間が経《た》った頃。

「もう限界よ！　ねえどうして!?　どうしてこの街の冒険者は誰も彼もが問題起こすの!?　私に何の恨《うら》みがあるって言うの!?　しかも相手は冒険者！　力尽《ちからず》くってわけにもいかないし、かといってこの街の冒険者達は小金持ちばかりだから、しばらくクエストを受けさせませんよなんてペナルティにも動じない！　私は一体どうしたらいいの!?」

冒険者ギルドの酒場にて、ぐでんぐでんに酔《よ》っ払《ぱら》ったルナが、絞《しぼ》り出すような声で吠《ほ》えていた。

「うむうむ、この街の連中はおかしなヤツばかりであるからな。汝の気持ちはよく分かる」

それを聞きながら、我輩《わがはい》は泥酔《でいすい》しているルナのコップに酒を注ぐ。

現在ギルド内にいるのは、我輩とルナの二人のみ。

ルナは注がれた酒を一気に呷《あお》り、酒臭《くさ》い息で愚痴をこぼす。

「うっ……うっ……。バニルさんだけよ、分かってくれるのは……！　毎日毎日冒険者への苦情処理に振り回されて、残業代も出ないのに夜遅《おそ》くまで仕事漬《づ》け！　家に帰ったら倒《たお》れる様にして眠《ねむ》り、またすぐに出勤！　お休みなんてもう三ヶ月も取ってませんよ！　新人の職員が入っても、その代わりに同僚《どうりよう》が結婚《けつこん》して辞《や》めていくから忙《いそが》しさは変わらないし！　私だって彼氏が欲しい！　出会いが欲しい！　下ネタばかり言ってくる冒険者じゃなく、紳士《しんし》で大人な恋人《こいびと》が欲しい！」

「よしよし、汝も毎日大変だな。なに、汝はとても魅力的《みりよくてき》であるし男などすぐに見つかる。さあ飲むがいい、今夜は我輩の奢《おご》りだ。我輩の商売のために、いつもギルドの隅《すみ》を借りているからな。これぐらいは安いものだ」

空になったコップに再び酒を注ぎながら相槌《あいづち》を打つ我輩に、受付嬢は胡乱《うろん》な視線を向けながら。

「……はあ……これでバニルさんが悪魔でさえなければ……」

「フハハハハハ！　我輩は悪魔ではなくただのアルバイトであり、善良なアクセル市民であるわ！」

「はいはいそうですね、たまに軍手と作業着姿で近隣《きんりん》の増え過ぎたモンスターを狩《か》ってくれる一般《いっぱん》市民ですもんね。いつもありがとうございます」

「これはこれはどう致《いた》しまして」

なぜか悔《くや》しそうな表情を浮かべていたルナは、コップの中身をグイッと呷るとテーブルに突《つ》っ伏《ぷ》し呟《つぶや》いた。

「休みが欲しい……。お金を払《はら》ってもいいから休みが欲しい……。洗濯物《せんたくもの》だって山ほど溜まってるけど洗えないし、今週もゴミが出せてない……。そして、出来れば素敵《すてき》な出会いが……」

とうとう酔い潰《つぶ》れてしまったルナに、我輩は口元を歪め呟いた。

「汝の願い、叶《かな》えよう……！」

7

普段《ふだん》から騒《さわ》がしい冒険者《ぼうけんしゃ》ギルドだが、この日は特にざわめいていた。

ギルドに入ってきた冒険者達が遠巻きにこちらを見ては、近くの者達と囁《ささや》き合っている。

やがてそんな状況《じょうきょう》に我慢《がまん》出来なくなったのか、一人の冒険者がこちらへ近づき、おずおずと問い掛けてきた。

「あの……。バニルさん、こんなとこで何やってんすか？」

そう、受付カウンターの中に鎮座《ちんざ》する我輩に。

「何やってんすかとはご挨拶《あいさつ》だな、節穴な目を持つ男よ。本日の我輩は見ての通りの受付嬢だ。主に苦情と相談窓口を承《うけたまわ》っている。さあ、遠巻きに見ているアホ面《づら》下げた連中にもこの事を伝えてくれるがいい」

それを聞いた男は首を傾《かし》げながらも他《ほか》の冒険者へ説明に向かう。

というか冒険者達は、我輩以外の職員が、我輩がここにいる事に何も言わないのにも戸《と》惑《まど》っている様だ。

酔い潰れたルナを自宅まで送り届けた我輩は、ギルドにやって来た他の職員達に今日はルナの代わりに働く事を説明し、今に至った。

職員達は何か言いたそうな顔をしていたが、やがて諦《あきら》めた様な表情で了承《りょうしょう》してくれた。

何をやっているんだと思うかもしれないが、これこそが我が見通す力で見据《みす》えた未来。

これこそが輝《かがや》かしい栄光を手にするまでの下準備だ。

「……なあ、バニルさんが苦情係って事でいいのか？　ここで苦情を言えばいいんだよな？」

やがて二人組の冒険者達が前に立ち、戸惑いながら聞いてくる。

「うむ、苦情とは違《ちが》うが常日頃《つねひごろ》相談屋の仕事をしている我輩にとって、苦情係など造作もない。では聞こう、何か困った事でも起きたのか？」

「あ、ああ……。実は、ギルドから呼び出しを受けててさ。っていうのも、こないだ酔っ払った勢いで、街中でこいつと喧嘩《けんか》しちまって」

「そうなんです。それで、この人は戦士、私は魔法使《まほうつか》い職なもんで、ついつい喧嘩に魔法を使っちゃって……。街中での攻撃《こうげき》魔法は本来禁止されてるんで、ペナルティを科すからギルドに来いって言われちゃいまして……」

本当に、この街の冒険者達は問題児ばかりだ。

「なるほどな。……確か街中で攻撃魔法を使用した場合はペナルティとして一ヶ月の奉仕《ほうし》活動か。では、そういう事なので早速《さっそく》……」

「ちょ、ちょっと待てよおい！　喧嘩したのは悪かったけど、俺達は冒険者だぞ？　そんな俺達が奉仕活動なんてやってたら、その間にモンスターが増えて困るんじゃないのか⁉」

「そそ、そうよ！　それに、日頃モンスターと戦ってるんだからたまにはお酒を飲んでハメを外したっていいじゃない！　怪我《けが》人だって出なかったんだし、それにこの街じゃこんな案件いつもの事でしょ⁉」

なるほど、これはルナが愚痴を溢《こぼ》すわけだ。

そして、あれほどに香ばしい匂《にお》いを漂わせるわけだ。

「つまり、ペナルティである奉仕活動は受け入れられないと？」

我輩が声のトーンを落として問うと、二人は軽く後ずさり。

「あ、当たり前だ！　何だよ、あんたが相手でも怖《こわ》かねえぞ、暴力振《ふ》るったらウィズさんに言い付けに行くからな」

「わわ、私だって怖くないからね！　喧嘩を怖がってたら冒険者なんてやってられないし！　でも、奉仕活動の代わりに金銭で解決しろって言うのならやぶさかじゃないわ！　罰金《ばっきん》とかで手を打ってあげてもいいわよ！」

そんな、強気なのか何なのか良く分からない事を言い出した。

それを聞いた我輩はその場でゆっくり立ち上がると……！

「本日呼び出しを受けている他の冒険者に告ぐ！　これは見せしめである‼　この二人の様にギルド職員の手を煩《わずら》わせる事があれば、実力行使に出させてもらおう！」

ギルド中に響《ひび》く大声で宣言すると、二人の冒険者を指差した。

「この世に在る我が眷属《けんぞく》よ。地獄の公爵バニルが命ず……」

「ちょ、ちょっと待て！　おい止《や》めろ、何する気だよ！　今なんか物騒《ぶっそう》なセリフが聞こえたぞ⁉」

「今すぐ奉仕活動やってきます！　だからバニルさん待って、ちょっと待ってぇ！」

悲鳴を上げて逃《に》げようとする二人に向けて。

「汝《なんじ》らに我が呪《のろ》いを！『カースド・ダークネス』！」

叫《さけ》ぶと同時、呪いを掛けた。

「うあああああ……！　……あ？」

「ひいっ……！　……あれっ？　何とも……ない……？」

一瞬《いっしゅん》黒い光に包まれた二人は、何が起こったのか分からず呆然《ぼうぜん》と立ち尽《つ》くす。

「よし、貴様らへのペナルティはこれで終わりだ。もう行っていいぞ。では次の方！」

何事もなかったかの様に振る舞《ま》う我輩に、ギルド内がざわめいた。

「何だよ今の、聞いた事ない魔法だったぞ？」

「ダークネスとか何とかって魔法だったけど。性癖《せいへき》がドMにでもなる呪いか何かか？」

使ったのは悪魔の禁呪《きんじゅ》。

闇《やみ》の力を使用して、対象に望んだ呪いを掛《か》ける魔法だ。

何事も起こらないと見てとったのか、一人の冒険者が前に出た。

「バカ、あんなもん脅《おど》しだ脅し。おーいバニルさん！　俺も一般人と喧嘩しちゃって呼び出し受けてたんだけど、今のヤツでペナルティって事でもいいのか？」

その者は、他の冒険者達に気楽に言いながらノコノコとこちらに近付いてくる。

と、その時。

「きゃあああああ!?」

「ひゃああああああーっ!!」

先ほどの二人の悲鳴がギルド内に響き渡《わた》った。

どうやら呪いの効果を今更認識《いまさらにんしき》した様だ。

「ど、どうしたんだよお前ら、急に悲鳴なんて上げて……」

「何ともなさそうだけど、一体どうした？」

上がった悲鳴に気圧《けお》されたのか、今まさに我輩の前にやって来ていた男は表情に不安そうな陰《かげ》りを見せて動きを止める。

「無い……」

呪いを掛けられた男がぽつりと呟く。

「な、無い？　何が無いんだ？」

傍《そば》にいた冒険者がおそるおそる尋《たず》ねると、男は股間《こかん》を押さえながら。

「……なんか、俺のアレが無くなっちゃったんだけど」

――ギルド内が阿鼻叫喚《あびきょうかん》の渦《うず》に巻き込まれた。

「――許してください、勘弁《かんべん》してください！　金なら払いますし何でもするので許してください！　俺のアレを返してください!!」

「ねえ、私は変な物が生えてるんだけど！　どうしたらいい!?　ねえ、コレ本当にどうすれば!?　土下座でも何でもするからお願い戻《もど》してえええぇ！」

泣き喚《わめ》く二人には取り合わず、我輩は次の冒険者を促《うなが》した。

「では次の方。……確か汝は、ペナルティとして我が呪いを希望したな？」

「いいいいい、いやっ!? 俺は普通《ふつう》の奉仕活動で！　もしくは罰金でも何でもいいから!!」

真っ青な顔で慌《あわ》てる男に、我輩《わがはい》は奉仕活動の案内書を手渡《てわた》すと。

「では次の方ー」

「あああああああ！　バニルさん、本当に許してください！　調子こいてました、すんませんでしたっ！」

「ごめんなざい、ごめんなざい！　このままじゃお嫁《よめ》にいげまぜん、許してぐだざいっ！」

他の冒険者達がドン引きしながら見守る中、我輩は泣きながら縋《すが》り付いてくる二人に言った。

「ペナルティ期間は一ヶ月。何、放《ほう》っておけば元に戻る。無いなら無いで身軽になるし、あればあったでトイレの際に捗《はかど》るぞ。ちなみに奉仕活動を行えば、呪いの期間は更《さら》に短く」

「「行ってきます！」」

我輩が最後まで言い終わる前に、二人はギルドを飛び出した。

それを見送った我輩は。

「では、次の方！」

呼び出されていた冒険者達が、顔を青くして震《ふる》え上がった。

8

我輩が受付の代わりを始めてから三時間ほど経《た》っただろうか。

問題行動を起こした冒険者達の列も捌《は》け、ようやく暇《ひま》が出来た頃《ころ》。

冒険者ギルドのドアが開き、見知った顔が入ってきた。

その者達は我輩の姿を見つけると、首を傾げながら近付いてくる。

「バニルさん、こんなところで何やってるんですか？　昨日は夜遅《おそ》くに出掛《でか》けたまま帰らないから心配しましたよ」

やって来たのはウィズとゆんゆん。

その後ろには、なぜかサキュバスの二人も連れていた。

「うむ。昨夜はあの後、我輩の気になる相手と飲み明かしてな。酔《よ》い潰《つぶ》れてしまった娘《むすめ》を家まで送り、娘の代わりにこうして我輩が働いているのだ」

「えええええ!?　バニルさん、意中の相手と飲み明かしたんですか!?　やったじゃないですか、凄《すご》い進展ですよ！」

「それに、家まで送っていったとか……。お、大人だあ……。大人な付き合いだあ……」

騒《さわ》ぐ二人の後ろでは、二人のサキュバスがギリギリと歯を食いしばりながら泣きそうな表情を浮《う》かべていた。

——と、その時。

「すいません、遅くなりました！」

我輩の気になる娘ことルナが、慌ただしくドアを開け、寝癖《ねぐせ》もそのままに駆《か》け込んでくる。

「本当にすいません、今すぐ仕事に……。バ、バニルさん⁉　そんな所で何やってるんですか⁉」

そして、受付カウンターに座る我輩を見て声を上げた。

「何をやってるもなにも、昨夜休みが欲しいと切実に訴《うった》えた汝の代わりに、我輩が働いていただけである」

「そ、そんな……」

我輩の言葉を受けて、ルナは慌てて周囲の職員に視線を送る。

「本当ですよ、ルナさんの代わりにバニルさんが応対してくれてました。いつもギルドにいるからか、バニルさんの仕事は完璧《かんぺき》でしたよ」

「それに、バニルさんてば凄いんですよ！　問題起こした冒険者《ぼうけん》達が借りてきた猫《ねこ》みたいに大人しかったんですから！」

口々に続く職員の言葉に、呆然としていたルナは。

「あの……。バニルさん、ありがとうございます。昨夜はご馳走《ちそう》になったばかりか、酔い潰れて仕事を放り出した私のフォローまで……」

そう言って、はにかみながら深々と礼をしてきた。

「なに、これは我輩が好きでやっている事だ。気にする必要はない」

我輩のその言葉にウィズ達がどよめいた。

「あの方がバニルさんの言っていた……！」

「私、あの人知ってますよ！　ギルドで人気の受付嬢《じょう》です、あのお姉さんの前にはいつも行列が出来るんですよ！」

そんな声が耳に届いたのか、ルナはほんのりと頬《ほお》を染めながら、おずおずと我輩を見上げてきた。

「あ、あの……。バニルさんは、どうしてここまでしてくれたんですか？　普段《ふだん》、私とあなたは接点などもあまりないですし、ギルドの片隅《かたすみ》をお貸ししているだけなのに……」

言いながら。

恥《は》ずかしそうに徐々《じょじょ》に声を小さくしていくルナに向け、キッパリと。

「汝の事が気になるからだ」

それほど大きくもないが、ギルド中の者がしっかりと聞き取れる大きさで。

そして、聞き間違《まちが》う事などあり得ないほどハッキリと、相手に告げた。

それを受けたルナはみるみる顔が赤くなる。

「言った！　バニルさんってば、これだけの人の前で本当に言いましたよ！」

「か、格好良い……。私、バニルさんの事を初めて見直しました……。これは紅魔族《こうまぞく》の琴《きん》線的《せんてき》にもぴりぴりきますよ……！」

騒ぐ外野に構う事なく我輩はなおも続ける。

「だからといって、汝《なんじ》をどうこうしようという気はない。たまに昨夜の様に一緒《いっしょ》に酒でも飲んでもらえれば有り難《がた》い。我輩は、汝の傍にいられるだけで心地《ここち》好いのだ」

「ッ!?」

ルナは衝撃《しょうげき》を受けたかの様にビクッと身を震わすと、不安と期待が入り交じった表情でこちらを見上げ。

「バニルさんのお気持ちは嬉《うれ》しいです……。正直、出会いもなくて日々寂《さび》しい想《おも》いをしていた私にとって、背も高く、紳士《しんし》なバニルさんはかなり理想に近い方です。でも……。で、でも、私は冒険者ギルドの受付嬢で、バニルさんは……。バニルさんは……っ！」

辛《つら》そうな表情で絞《しぼ》り出す様な声を上げたルナは、これ以上は耐《た》えきれないとばかりに我輩から目を逸《そ》らし……。


「バニル様は本気なんです！　ずっとずっと悩《なや》んでたんです！」

と、今まで沈黙《ちんもく》を守っていたロリサキュバスが、ギルド中に響《ひび》く声を張り上げた。

「そ、そうです、バニル様は真剣《しんけん》なんです！　バニル様は私達の憧《あこが》れにして主《あるじ》なんです、そんなバニル様がこれだけ想っているのに、一体何を悩むんですか⁉　ここで断って本当に後悔《こうかい》しないんですか⁉　私には未来を見通す力はありませんが、これだけは断言出来ます！　これを逃《のが》せばあなたはきっと行き遅《おく》れる！」

続いて放たれたその言葉は、ルナにとって大きな衝撃を与《あた》えた様だ。

行き遅れの一言に、我輩の先ほどの言葉以上に大きく震えた。

そして意を決した顔で我輩を真っ直《す》ぐに見つめてくると。

「バニルさん。……私、決めました。私達の間には色んな壁《かべ》がある事は理解してます。そして、まだあなたの事はあまり知りませんが……。それも少しずつ理解していこうと思います。その……。ですから、その……。たまに一緒にお酒が飲めればそれでいいとかではなく……。ぜ、ぜひ、バニルさんの口から直接、ですね……！」

期待に満ちた表情で決めの言葉を待つルナに対し、我輩は安心しろとばかりに頷《うなず》くと。

——今こそが極上《ごくじょう》の収穫《しゅうかく》時とばかりに、〝見通す力で予定していた〟セリフを告げた。

「我輩はずっと汝が気になっていた。汝が放つ悪感情は、そう易々《やすやす》とお目に掛《か》かれないほどに美味なのだ。行き遅れを気にし、結婚《けっこん》した同僚《どうりょう》に対し毎日漏《も》らす、色濃《いろこ》い嫉妬《しっと》の悪感情。ワガママな冒険者達に対する激しい苛立《いらだ》ちの悪感情。これらを無駄《むだ》に垂れ流すのであれば、今後はぜひ我輩の傍で愚痴《ぐち》って欲しい」

時が止まった。

我輩《わがはい》を見て涙《なみだ》ぐんでいたサキュバスも。

期待に目を輝《かがや》かせながら、ジッと見守っていたウィズとゆんゆんも。

ルナの反応を見て、悲鳴を上げていた冒険者達も。

仕事をしろとばかりに不機嫌《ふきげん》そうな目で見ていた職員すらも、その全《すべ》ての者の時が止まった。

シンと静まり返ったギルド内。

その中心ではルナが笑顔《えがお》のまま固まっている。

ああ、最高だ。

やはりこの受付嬢の放つ悪感情は、なかなか見られない極上物だ。

我輩は、これまでにない至高の悪感情を食わせて貰《もら》った礼を言うべく。

「フハハハハハ！　これだ、これこそが味わいたかったのだ！　これまた極上の悪感情、大変な美味である！」

「「「「これは酷《ひど》い」」」」

ルナを除く全ての者が同時にハモった。

9

ウィズやゆんゆん、冒険者やギルド職員。

果ては、我が忠実な部下であるところのサキュバス二人ですらも、さすがにアレはないですよと我輩を責め立てた後。

「──ねえ、聞いてますかバニルさん!? 人間、やっちゃいけない事ってものがあるんですよ！ 越《こ》えてはいけない一線ってものが！」

「悪魔の我輩にそんな事を言われても」

どこかのぼっち娘《むすめ》と、以前これに似たやり取りをしたなと、とりとめのない事を考えながら、我輩はルナの抗議《こうぎ》を聞き流していた。

「うっ……うっ……。もういやあ……！ どうして私に言い寄ってくるのはどこかおかしい人ばかりなの……？ ねえ、どうして？ 類は友をとか何とか言ったらぶっ飛ばしますよ？」

「……」

「黙《だま》らないでくださいよ！　ああもう、今夜は朝まで付き合ってもらいますから！」

「となると、明日はまた我輩が……」

「もちろん、明日の仕事はお任せします。ちゃんと臨時のバイト料は払《はら》いますから」


——我輩が一日受付嬢となってからというもの、冒険者達の無法ぶりは鳴りを潜《ひそ》めた。

その事では職員達に感謝され、新たなバイトも増えて良かったといえば良かったのだが……。

「来月には、他《ほか》の街のギルドに派遣《はけん》された同期の子が結婚するんですって！　なぜか、他の街所属になった職員はすぐに結婚出来るんですよね。アクセル七不思議の一つに、女性冒険者やギルド職員がちっともモテないっていうのがあるんですよ。本当にどうしてなんでしょうね？　この街には風俗《ふうぞく》すらないのに、男性冒険者の人達はどうやって発散してるのかしら……」

そろそろ日付も変わろうかという時間帯。

客も職員も帰路につき、ギルドにいるのは我輩とルナの二人きりだ。

我輩が悪感情を美味《おい》しく戴《いただ》いたあの日から、こうしてルナの仕事終わりに彼女の愚痴に付き合わされるのが日課になってしまった。

いや、これもまあ我輩が望んだ事なので仕方ないと言えば仕方がないのだが。

「まあ飲むがいい、行き遅れた怨念《おんねん》をまき散らす受付嬢よ。なんなら先日の詫《わ》びとして、王都のトップホストの姿にでも化けてやろうか？」

「そんな事が出来るんですかっ!?　ならここは、有名なあの人で……。いやいや、無礼かも知れないけどジャティス王子とか……？　ジャティス王子の顔で、『我が妻となり、共にこの国を治めて欲しい』とか言って欲し……！　……失礼、取り乱しました、忘れてください」

「う、うむ……」

若干《じやつかん》引き気味になっている我輩を見て、我に返ったルナが無言でコップを出してくる。

それに酒を注いでやりながら、

「何なら我輩が、見通す力で汝の婚期を見てやろ」

「ぜひお願いします！」

見てやろうか、と言い終わる前に、ルナが言葉を被《かぶ》せてくる。

「わ、分かったからもう少し離《はな》れるがいい、それと、どんな結果が出ても、もう我輩に賞金を掛けようとしないと誓《ちか》うのならな」

「……」

「おい、どうして黙る」

悪感情を戴いた次の日、この娘の手により我輩の首に多額の賞金が掛けられ散々な目に遭《あ》わされた。

冒険者《ぼうけん》ギルド職員の力を少し甘く見ていたと反省したものだ。

「悪い結果だったら目も当てられないし、やっぱりいいです……。それより、他の人に化けなくていいですから、チラッと素顔《すがお》を見せてくれません？　実は仮面の下がどうなってるのか気になってたんですよね」

10

「あっ、バニルさんお帰りなさい！　……どうしたんですか、グッタリして？」

「もうこの際悪魔でもいいからと突拍子《とっぴょうし》もない事を言われ、ちょっと大変な目にな……。婚期を逃した女性の獰猛《どうもう》性を甘く見ておったわ……」

言いながら、我輩は椅子《いす》に座るとグッタリと背を預けた。

朝まで予想外に精神を削《けず》られた我輩は、今日の受付のバイトは見逃《みのが》してもらった。

悪魔をここまで引かせるとは、追い詰《つ》められた女性というものは恐《おそ》ろしい。

「ところで、我輩が店にあまりいられなかった間、赤字はどれだけ出たのだ？」

なんとなく言った我輩に、だがウィズは得意げな顔で帳簿《ちょうぼ》を見せた。

それは店の売り上げを記した物。

渡《わた》された帳簿を開き、目を通すと……、

「これはどういう事だ!?　なぜ黒字になっている！　貴様、店主ではないな！」

我輩は椅子を蹴《け》って立ち上がり、偽物《にせもの》店主に対して身構えた。

それを見てぽかんと口を開けて驚《おどろ》いていた偽物店主は、やがて怒《いか》りの表情へと移行する。

「私だってたまには黒字を出しますよ！　バニルさん、酷いです！　ほら、ちゃんと売り上げの欄《らん》を見てくださいよ！」

「……確かに。これは一体どうした事だ、天変地異の前触《まえぶ》れか？」

「酷い！」

ウィズは我輩の手から帳簿を奪《うば》い取ると、それを大切そうに奥にしまい、代わりに小さな箱を取り出した。

「実はこの新商品が売れたんです。この魔道具《まどうぐ》は凄《すご》く便利なんですよ？　魔力を注ぐと室内の温度を下げてくれるという優《すぐ》れものです！　アクア様に教えてもらった、くーらーとかいう異世界の魔道具を再現してみたんです！」

ウィズが差し出してきたその箱からは、涼《すず》しい風が吹《ふ》き出していた。

なるほど、これは夏場に売れそうだ。

「珍《めずら》しく良い物を作り出したな。これは新たな主力商品になりそうだ」

「でしょう!? 実はもう、既《すで》に大量発注してあるんですよ！ これからはポンコツ店主とか呼ばせませんからね！」

そう言って胸を張るまぐれ当たり店主に、我輩はぽつりと言った。

「大量発注とは言っても、それはいつまでに届くのだ？ もうすぐ夏も終わってしまうが」

上機嫌《じょうきげん》だったウィズは我輩の言葉に固まると。

「………………二ヶ月後……」

と、普段《ふだん》から青白い顔を更《さら》に青くさせながら、小さな声でぽつりと言った。

商品が完成する頃《ころ》には間違《まちが》いなく秋である。

「……これだけの大量発注だと今更《いまさら》取り消しもできまい」

「ごめんなさいごめんなさい！ 売れると思って！ 今度こそ間違いなく売れると思って!!」

我輩から素早《すばや》く離れ、カウンターの向こうに隠《かく》れるウィズ。

どうやらいつもの折檻《せっかん》を恐れている様だ。

それを見て、軽くため息を吐《つ》きながら。

「そう怖《こわ》がるなうっかり店主よ。我輩が留守の間に赤字を生む事は予想していた。だから、隠れていないで出てくるがいい」

小動物の様に警戒《けいかい》するウィズに向けて、小さく笑った。

正直なところ、この店主に振《ふ》り回されながらおかしな住人達との腐《くさ》れ縁《えん》を広げていく今の暮らしは悪くない。

若干変わり者な友人の少ない少女に素性《すじょう》のしれないチンピラ、行き遅《おく》れの受付嬢《じょう》。

この短い期間でもこれだけの新たな出会いがあったのだ。

その出会いの元となってくれた、我輩をこの街に呼び寄せた頼《たよ》りない友人に、少しだけ感謝しながら。

「心配せずともそれが売れる事は間違いない。よそに発注してしまった以上独占販売《どくせんはんばい》は出来ないが、今回発注した分は来年以降の夏に売れば良いのだ」

そう言って、安心させる様に笑い掛《か》けた。

「その魔道具の寿命《じゅみょう》は作ってから半年しか保《も》たないんですが……」

第四話
用心棒はじめました

1

「バニル様。これはほんのつまらない物ですが、どうかお納めください」

魔道具店のカウンターに座る我輩《わがはい》に、妖艶《ようえん》な美女が深々とおじぎをしながら何かを差し出す。

我輩を様付けで呼ぶ以上、もちろんただの人間ではない。

「……悪魔族の中でも下っ端《ぱ》であるサキュバスが、この我輩に対してつまらぬ物を寄越《よこ》すとはよほど残機を減らされたいらしいな」

「ちちちち、違いますバニル様！　もちろん私達にとっては大奮発した物ですが、バニル様にとっては取るに足りない品といいますか！」

そう、目の前の女はサキュバス。

世の男性達に淫靡《いんび》な夢を見せ、その精気を奪う悪魔である。

以前から何度かサキュバスと顔を合わせてはいたのだが、我輩への正式な挨拶《あいさつ》が出来ていないとの事で、サキュバス達のリーダーがこうして店にやって来たのだった。

「バニルさん、挨拶の粗品《そしな》を渡す際に、つまらない物ですがって言うのはよくある社交辞令ですよ？　私はウィズと申します。よろしくお願いしますね」

そう言ってウィズがニコリと微笑《ほほえ》むと、サキュバスは唇《くちびる》を舐《な》め、怪《あや》しく瞳《ひとみ》を輝《かがや》かせた。

「これは随分《ずいぶん》と可愛《かわい》らしい方ですね。さすがはバニル様のお知り合いです。人間の魔法使いとお見受けしますが、どうぞよしなに……」

「聞きましたかバニルさん⁉　私、今可愛らしいって言われましたよ！」

「あれっ⁉」

素直《すなお》に喜ぶウィズを見て、サキュバスが素《す》っ頓狂《とんきょう》な声を上げた。

「どうやらチャームの力を使った様だが、この店主は仮にもリッチーであるので効果はないぞ。それより、貴様の言葉で無邪気《むじゃき》に喜ぶこの年増店主をフォローしろ」

「今、年増店主って言いましたね！　バニルさんと戦うのは人間だった頃以来ですが、久しぶりにやり合いますか⁉」

強烈《きょうれつ》な魔力と悪感情を撒《ま》き散らし始めたウィズを見て、サキュバスが身を縮こまらせながら青ざめた。

「すすす、すいません、まさかアンデッドの王リッチー様だとは思いもせず、とんだご無礼を！　そそ、それに、怒《おこ》るとせっかくの美貌《びぼう》が損《そこ》なわれてしまいますよ！」

サキュバスの取って付けた様なおだてを聞いて、あっさりと機嫌《きげん》を直したウィズがお茶を淹《い》れに奥へと引っ込む。

簡単な作りの友人を見送っていると、サキュバスがぺこぺこと頭を下げ。

「バニル様のご友人にチャームを使ってしまい、申しわけありません。悪気があったわけではないのですが、その……」

「分かっている、人間の男はともかく女はお前達の天敵だからな。チャームを使って支配しようとしたのは理解出来る。だが、今後この店にはあまり近付かない事をオススメする。ここには、悪魔やアンデッドを目の敵《かたき》にする凶暴《きょうぼう》な生物がたまにやって来るのだ」

「バニル様をもって凶暴な生物と言わしめるだなんて、一体何が来るんですか⁉」

おののいていたサキュバスは突然床《とつぜんゆか》に正座すると、居住まいを正し頭を下げた。

「実はこの度《たび》ご挨拶にうかがったのは他《ほか》でもありません。この街に住むサキュバスは、皆《みな》バニル様の庇護《ひご》を求めております。日夜襲《おそ》い来る獣欲《じゆうよく》に溢《あふ》れた荒々《あらあら》しい男達。平穏《へいおん》を望む私達の命を付け狙《ねら》う、各教会のプリースト……。私達は安息の日々を求めております。庇護してくださった暁《あかつき》には、毎月、当店で得られる売り上げの一部をバニル様に献上《けんじよう》しようと考えているのですが……」

「お前達はこの街の冒険《ぼうけん》者達に手厚く保護されていたと思ったのだが、一体何を企《たくら》んでいる？」

「……たまにお店に来て頂き、握手会《あくしゅ》やサイン会をして貰《もら》えたらなと……」

自分で言うのもなんなのだが、我輩はこう見えても地獄《じごく》の公爵《こうしゃく》。

膨大《ぼうだい》な配下と広大な領地を有し、悪魔共の間では名を知らぬものなどいない大悪魔である。

つまり、この様な下っ端悪魔達にとってはまさしく雲の上の存在だ。

「何度も言うが、貴様らの様な生まれたての悪魔は趣味《しゅみ》ではない。我輩に認められたければ後五百年ほど年を経て出直してこい。ほら、こないだ脱皮《だっぴ》した我輩の皮を分けてやるから今日のところはとっとと帰れ」

「バニル様は熟女好きなのですか⁉　皮は家宝に致《いた》しますが、私は諦《あきら》めませんから！」

我輩の抜《ぬ》け殻《がら》を胸に抱《だ》き、サキュバスは店を飛び出して行った。

「──お茶が入りましたよ……あら？　あの方はもう帰っちゃったんですか？」

「うむ。つまらない物を戴《いただ》いたお返しに、我輩の抜け殻をくれてやったら飛び出して行った」

「もうちょっとマシな物あげましょうよ！　女の子に何て物渡《わた》すんですか⁉」

あれで本人は喜んでいたのだが。

お茶を持ってきたウィズが怒《いか》りもあらわに立ち尽《つ》くしていると、ドアが開けられ来客を告げる鐘《かね》の音が鳴る。

「おはよう、この私が遊びに来てあげたわよ！　……あら、ウィズったらお茶を用意して待っててくれたの？　でもこれ、温《ぬる》いわね」

サキュバスと入れ違いに、悪魔やアンデッドを目の敵にする凶暴な生物がやって来た。

その生物はウィズがお盆《ぼん》に載《の》せていたお茶を勝手に飲みだす。

「おはようございますアクア様、お茶を淹れ直してきますね」

それに何の疑問も持たず、ウィズがお茶のおかわりを取りに行く。

「ねえ。なんかこの店、いつもより悪魔臭《くさ》くない？　こう、あんたよりも更に弱っちい悪魔の残り香《が》がするんですけど。私の縄張《なわば》りに知らない悪魔を呼ばないでよね」

「この店はいつから貴様の縄張りになったのだ」

2

厚かましい女神《めがみ》が店に居着いたので、街に繰《く》り出した我輩だったが。

「バニル様、どこに行くんですか？　私も付いていっていいですか？」

街に繰り出したところを別のサキュバスに見つかり、付きまとわれていた。

先日、冒険者ギルドの受付嬢と一騒動《そうどう》あったのだが、それからというものこのロリサキュバスは、魔道具《まどうぐ》店に遊びに来たりまとわりついたりと好き放題だ。

だが、以前執《と》り行われた女神エリス感謝祭では、一応世話にもなったので、あまり無下にも出来なかった。

「別に付いてくるのは構わんが、特に何をするわけでもないぞ。新たな商売の種でも転がっていないかと、街を散策するだけだ」

「お散歩ですね！　なら私もお供します！」

言って、鼻歌交じりに後を付いてくるロリサキュバス。

追い払《はら》うのも面倒《めんどう》なので好きにさせていると、我輩達の目の前に、罵声《ばせい》と共に突然何かが転がってきた。

「——おい、お前新参の商人か？　一体誰《だれ》に断ってここで商売してんだこらっ！」

「役所に断って商売してますが……」

りんごの屋台を開いていた中年の女店主が、背中に鳥のマークが入ったシャツを着た、厳《いか》つい男に絡《から》まれていた。

我々の前に転がってきたのは屋台の商品。

どうやら、絡んでいた男が商品をぶちまけたらしい。

散らばったそれらの物をサキュバスが拾い集める中、男は店主に詰《つ》め寄った。

「そんな事言ってんじゃねーんだよ！　俺が言いたいのは、ここで屋台を出すなら俺達に筋を通す必要があるだろってこった！　俺は『八咫烏《やたがらす》』の者だ！　名前くらいは聞いた事あんだろ？　ほら、分かったなら出すもん出しな！」

「は、はあ……」

大声で威嚇《いかく》しながら男が突《つ》き出した手の上に、困惑《こんわく》気味の女店主は、地面に落ちて傷が付いたりんごをそっと載せた。

「ちげえよ！　誰がダメになった商品を寄越せっつった！」

りんごを地面に叩《たた》き付け、男が激しく頭《かぶり》を振《ふ》る。

「あの、お客さんが落として傷物にされた他のりんごも含《ふく》めまして、全部で三千エリスになりますが……」

「お前金まで取る気かよ！　しかも地味に高《たけ》えよ！　『八咫烏』だ！　俺はこの近隣《きんりん》の街々で勢力拡大中の警備会社、八咫烏の者だって言ってんだよ！」

地団駄《じだんだ》を踏《ふ》み凄《すご》む男に。

「警備会社、ですか……？　あの、ウチの子供が年中自宅を警備しているんですが、そちらで雇《やと》って頂くわけには……」

「ウチは本物の警備会社だ、ニートを廃棄《はいき》する場所じゃねえよ！　ああ、もうっ！」

男はイライラと頭を掻《か》き毟《むし》ると、女店主の胸《むな》ぐらを掴《つか》み顔を寄せた。

「や、やめてください！　私には、働かない大きな息子《むすこ》と甲斐性《かいしょう》無しの主人がいるの！　せめて仕事が終わってからに……！」

「俺に何されると思ってやがんだ、そういう事するならもっと若いのを……ババア、頬《ほお》染めてんじゃねえ！」

――辺りに転がっていたりんごを両手に抱《かか》え、そんな成り行きを見守っていたサキュバスがこちらを見上げた。

「あの、バニル様？　何だか女の人が絡まれているみたいですが……」

「待て、今良いところなのだ。見ろ、あの店主の満更《まんざら》でもなさそうな顔を。それにあそこのりんごは、普段《ふだん》はもっと安く売っていたはずだ。傷物にされたという事で、ここぞとばかりに吹《ふ》っかけている様だな」

こちらの会話が聞こえたのだろう、店主と男が動きを止めた。

「なるほど、ならここはそっとしといてあげましょうか」

「そうするとしよう。それに絡んでいる男も、どうやらアレが仕事の様だ。人様の仕事の邪魔《じゃま》をしてはならぬ」

店主が乱れた衣服を正し、恨《うら》みがましい目でこちらを見てくる。

ちょっと期待していたらしい。

サキュバスが、興味深げにそんな二人を見ながら感心した様にしみじみと。

「人間のお仕事というのは、色んなものがあるんですねえ……」

「ああして自ら暴漢となり、警備会社の必要性を世に訴《うった》えているのだろう。そういえば、ウチの店にも毎日の様に茶をせびりに来る迷惑《めいわく》な女がいるのだ。それを追い払ってくれるのなら、ウチもあの警備会社に頼《たの》んでみようか」

「警察の方は事件が起こらないと動いてくれませんしねえ」

そんな会話を交《か》わす我輩《わがはい》達に、男が顔を真っ赤にしてズカズカと近付くと。

「おいお前……ら……。え、ええっと……な、何者ですか?」

最初は威勢《いせい》の良かった男は、我輩の仮面を見て言葉を弱めた。

「何者とはこちらのセリフだ。警備会社の者と聞いたが?」

我輩の言葉を受けて、男は気を取り直した様に。

「お、おう！　俺は警備会社八咫烏の者だ。てめえら、さっきから俺の方を見てコソコソしやがって！　文句があるなら聞こうじゃねえか！　正義感出して何にでも首を突っ込むと……」

「貴様があの女店主を口説こうが何をしようが文句はないが、仕事は頼みたいところだな。我輩が働いている店に毎日凶暴な客が訪《おとず》れるのだ」

「痛い目に遭《あ》うぜ……、って文句はねえのか⁉　いや、口説いてたわけじゃねえけどよ、アレを止めねえってのも人としてどうなんだ……。まあいい、仕事の依頼《いらい》、ね」

男はニヤリといやらしい笑《え》みを浮《う》かべ。

「あんたなかなか物分かりがいいな。毎月俺達に売り上げの一部を上納するだけでちゃんと店を守ってやるよ。なーに、凶暴な客が来るって言ったってせいぜい荒《あら》くれた冒険者だろ？　こっちは対人戦のエキスパート集団だ、任せときな」

そう言って、我輩の隣《となり》に立つサキュバスにも目を向けた。

「あんたこの街の裏路地の、妙《みょう》に繁盛《はんじょう》してる喫茶店《きっさてん》の子だよな？　あんたんとこの店は警備の仕事は必要ないのか？」

「ウチは常連さん達がいますから、警備の必要はないですねえ」

つい先ほど、お前のところの店主が我輩に庇護を求めに来たのだが。

「……へえ？　そんな事言っちまってもいいのか？　あんなに儲《もう》かってそうな店は、きっと近い内に強盗《ごうとう》にでも入られるだろうなあ……。ま、せいぜい気をつけな」

男はどこか面白《おもしろ》がる表情でニヤつくが、

「この街の人達は、ウチが儲かっていない事はよく知ってますから強盗なんて来ませんよ。それよりも……。とてもお強いバニル様が、『凶暴な客《きようぼう》』と評する相手だなんて、お兄さんこそ大丈夫《だいじようぶ》なんですか？」

サキュバスのその言葉を聞き、笑いを止めた。

「……あんた、そんなに強いのか？　おかしな仮面を被《かぶ》ってるが、よく見ればガタイは良いな。ま、まあ、凶暴な客って言ったたってしょせんは素人《しろうと》だろ？　普段その客に何されるんだよ」

「うむ、出会い頭《がしら》に凶悪な魔法《まほう》をぶち込まれたり、店主が何度も消されかけたりする程度には凶暴だな」

「お、おい待ってくれ。あんたんとこの売り上げを聞いてもいいか？　いや、ビビってるわけじゃねえぞ、それだけのヤツを相手にするんだ、採算取れるかどうかが分かんねえと」

「ここ最近はずっと赤字だな。店主はもう一週間もロクな固形物を食べられていない」

「警備員雇ってる場合じゃねえだろ、もう店を畳《たた》んで普通《ふつう》に働けよ！」

──そんな一悶着《ひともんちゃく》を終え、サキュバスと別れた後。

「あっ、バニルさんお帰りなさい！」

我輩が店に帰ると、なぜかウィズが上機嫌《じょうきげん》だった。

カウンターの上に目をやると、機嫌が良い理由に察しが付く。

「なんだ、またご近所様からの戴《いただ》き物か？」

「それが違《ちが》うんですよ。店番をしていたら怖《こわ》そうな男の人達がやって来たかと思えば、この
『邪魔するぜ。おい、この店は随分《ずいぶん》儲かって……そうにもねえな。聞きたいんだが、この
店の月の売り上げはどんなもんだ？』と突然聞かれまして。毎日赤字でここのところロク
な物を食べてないんですと訴えたら、これを……」

カウンターに置かれていたのは、その辺で買ってきたと思われるパンや串焼《くしや》き。

それはひょっとしたら、先ほど我輩が話していた男の仲間ではないのだろうか。

ヤツの仲間が営業に来たが、この店のあまりの貧しさに食べ物を恵《めぐ》んで帰ったのか。

「その、なんだ……。良かったな、腹一杯《はらいっぱい》食べるがいい」

「ええ、固形物なんて久しぶりです！　お腹《なか》に溜《た》まる物が食べられて良かったですよ。見
かけによらず良い人達でした」

本当に、人は見かけによらないものだ。

3

翌朝。

店の前の掃《は》き掃除《そうじ》を終え、ついでにご近所さんの店先も掃除してやろうと思っていると、隣の店のドアにあるものを見つけた。

「これはカラスを表しているのか？」

そこには、三本足のカラスのシールが貼《は》られている。

ふと近所を見渡《みわた》せば、全《すべ》てのというわけではないが、あちこちの店のドアに同じ物が貼られていた。

「——店主よ。ご近所さんの店先に見慣れないシールが貼られていたのだが、あれが何か知っているか？」

店に戻《もど》った我輩は、なんとはなしに尋《たず》ねてみた。

「昨日お店に来た警備会社の人が、それと同じシールを持ってましたよ？　街を歩いていたらあちこちで見かけますね。流行《はや》ってるんでしょうか？」

警備会社と聞いてピンとくる。

昨日りんご屋に絡《から》んでいたあの男の事だ。

「気になるな。それより、ちょっと付き合ってくれ。どうせ客は今日も来ないだろう、街の様子を見に行こう」


――ウィズと共に、街中を散策すること数時間。

鼻歌交じりに散歩していたウィズが、なんとなしに呟《つぶや》いた。

「いつの間にか、アクセルの街の結構なお店が、あのシールをドアに貼ってますねえ」

そう、本当にいつの間にか、という感じだ。

本来、治安の良いこの街で警備会社など必要ないと思うのだが。

と、その時だった。

「――ちょっとあんた達、いい加減にしてよ！　これじゃ他《ほか》のお客さんが入れないじゃない！」

目の前にある定食屋の中から、出し抜《ぬ》けに大きな声が聞こえてきた。

そろそろ昼を回ろうかという時間帯。

飲食店にとってはちょうど稼《かせ》ぎ時となる頃合《ころあ》いだ。

「そんな事言われても知らねえよ。俺達だって客だぞ？　一体何の文句があるってんだよ」

それと同時に店の中からドッと男達の笑声《しょうせい》が沸《わ》く。

中をそっと覗《のぞ》いてみると、そこには厳《いか》つい男達が店内の全ての座席を占有《せんゆう》していた。

その全ての男が、背中に鳥のマークが入ったシャツを身に着けている。

今時の流行は鳥なのだろうか。

「客ってのはね、何かを注文してこそのお客さんなのよ！　あんた達、店に入ってから何も頼まず、ずっと座ってるだけじゃない！」

定食屋の娘《むすめ》はそう言って、囃《はや》し立てる男達を睨《にら》み付けた。

「何言ってんだよ、ちゃんとメニューは見てるだろ？　美味《うま》そうな料理が多くて迷ってるだけだって。なあ皆《みんな》？」

「おう、どれもこれもが美味そうで目移りするよな」

「定食は五種類しかないけどな！」

男達は口々に囃し立て、何がおかしいのか笑い出す。

悔《くや》しそうに拳《こぶし》を握《にぎ》る娘に対し、一人の男が近付いた。

「な？　こういった困った客へ対処するためにも警備会社は必要だろ？　警察に通報したって、連中が駆《か》け付けたと同時にここにいるヤツらが注文を始めたら、それだけで罪に問われねえ。これでどう頑張《がんば》ったって無駄《むだ》だって分かっただろ？」

恫喝《どうかつ》するのではなく、諭《さと》す様に。

「なあ、店の目立つところにこのシールさえ貼っておけば、それで今後こういった事は起こらなくなるんだ。シール代として毎月売り上げの一部を戴くが、この店なら傾《かたむ》く事だってないだろう？」

男はそう言って、手にしたシールを見せびらかした。

――なるほど、そういう事か。

この連中は、警備会社とは名ばかりの犯罪組織。

こうして顧客《こきゃく》を集め、毎月売り上げの一部を徴収《ちょうしゅう》するのだ。

「――なあ、あんたは頑張ったよ。この辺りの飲食店でウチに入ってないのはこの店だけだ。言っとくけどこれでもまだ嫌《いや》がらせとしちゃあ可愛《かわい》いもんなんだぜ？　だから……」

娘の肩《かた》に手を掛《か》けようとした、その時。

「待ってください！」

我輩の隣にいたウィズが、男に対して声を上げた。

感情が昂《たか》ぶっているのか、ウィズは全身から魔力《まりよく》を立ち上らせて、一歩一歩、歩みを進める。

そんなウィズのただならぬ気配を見て取ったのか、男達がどよめいた。

「ウィズさん！　あんた達、ウィズさんが来たからにはもうお終《しま》いよ！　よその街から来たみたいだから教えてあげるけど、ウィズさんは、魔道具店を開く前は凄腕《すごうで》のアークウィザードだったんだから！」

勝ち誇《ほこ》った様に言う娘を前に、シールを手にしていた男が若干怯《じやつかんひる》みながらも胸を張ると。

「な、何か文句があんのかコラッ！　俺達は、この周辺の街を縄張《なわば》りにしてる警備会社、八咫烏《やたがらす》の一員で……」

精一杯《せいいつぱい》の虚勢《きよせい》を張る男に向け……！

「この店のオススメは、カエルの照り焼き定食一択《たく》です！　普通なら淡泊《たんぱく》であっさりしているはずのカエルが、とってもジューシーな仕上がりになって凄くご飯が進むんですよ！　私なら、カエルの照り焼き一切れでご飯が二杯《はい》は食べられます！」

「よし場違《ばちが》い店主、ちょっとこっちに来るがいい。暴虐女神《ぼうぎやくめがみ》並みに空気を読めない汝《なんじ》を我輩《わがはい》が折檻《せつかん》してやる」

「あっあっ、何ですかバニルさん、何を食べるか迷って困っていると聞いたから、ここは私がオススメを……！」

そんなウィズに毒気を抜かれたのか、男は店内の仲間に視線を送ると。

「……邪魔《じゃま》したな。また来るから、その時こそ良い返事をくれよ」

そう言って、仲間と共に定食屋を後にした。


「──バニルはん、これおいひいですよ！　食べないのなら本当に私が貰《もら》いますよ？」

「普段《ふだん》我輩が腹を空《す》かした汝の前で飯を食うのは、悪感情を得るためだ。だから遠慮《えんりょ》なく食うがいい。そしてしばらくの間黙《だま》っていてくれ」

男達が去った後、定食屋の娘に助けて貰った礼にと昼食をすすめられ、最初は遠慮していたウィズだったが、現在はこうして貪《むさぼ》る様に食べていた。

そんなウィズにかいがいしくお茶を淹《い》れる娘が言った。

「ウィズさん、ありがとうございます。ここ最近、あの連中に嫌がらせをされてまして……」

聞けば、この周辺の飲食店は全てあの警備会社と契約《けいやく》をさせられたとの事。

まず連中が店で暴れ、次いで警備はいかがと勧誘《かんゆう》する。

なるほど、なかなか賢《かしこ》いやり方だ。

昨日りんご屋に絡んでいた男も、その過程だったわけだ。

「ふうむ、色々と勉強になるな」

「何を言っているんですかバニルさん、アクセル商店街の一員として、これは放置出来ませんよ⁉　それに、いつ私達の店も狙《ねら》われるか分かったものじゃありません。単に何を食べるか困っている人達かと思っていたのに……！」

ウチの店には既《すで》にあの連中が営業に来て、ウィズの困窮《こんきゅう》ぶりを見て帰ったのだが。

「しかし、連中がやっている事は明確に違法行為《いほうこうい》と呼べるものでもないのだろう？　営業妨害《ぼうがい》ではあるが、こういった軽い案件では警察はなかなか手出し出来ぬぞ」

それに悪魔《あくま》の我輩からすれば、たとえそれが悪事だとはいえ、その行いで生計を立てている者に口出しは出来ない。

善良な市民だろうがあの様な連中だろうが、我輩にとって大切な事は、その人間が美味《おい》しい悪感情を生み出してくれるかどうかなのだ。

——そんな事をこんこんと説くと、二人前の定食を完食したウィズがテーブルを叩《たた》き立ち上がった。

「見損《みそこ》ないましたよバニルさん！　あなたはちょっと変わり者なだけで、とても善良で優《やさ》しい方だと思っていたのに！　バニルさんにはこの世の悪を許せないという気持ちはないんですか⁉」

「そんな、我輩の存在を全否定される事を言われても」

「──しかしあらためて見てみれば、そこら中に進出しているな」

連中がいなくなり、定食屋が混《こ》み始めたので店を後にした我輩達は、帰る際にも例のシールを見つけていた。

「うう……。バニルさん、本当にどうにか出来ないんですか？　今こそ見通す力を使って世のため人のために活躍《かつやく》する時ではないでしょうか？」

「たまに思うのだが、汝は我輩を何だと思っているのだ」

我輩がゴミ捨て場を荒《あ》らすカラスを駆除《くじょ》したり、アクセルの街周辺のモンスターを退治するのは、そこにちゃんとメリットがあるからであり純粋《じゅんすい》な人助けではない。

肩を落とし、しょぼくれたままノロノロ進むウィズに向けて。

「それに、見通す力を使うまでもない。キワモノばかりが住むこの街で、これだけで終わるはずがないだろう？」

──魔道具店に戻《もど》るまで、更《さら》にあの警備会社のシールが貼《は》られたいくつもの店を見かけた我輩は、

「おかーえり！」

ドアを開けると同時、自分で茶を淹《い》れながら勝手に店番をしていた女神の出迎《でむか》えを受け、この店こそ最も警備員を必要としているのではと思い悩《なや》んだ。

「ただいま帰りましたアクア様、店番をしていてくれたんですか？　ありがとうございます！」

「私が言うのもなんだけど、この店はもうちょっと戸締《とじ》まりとかした方がいいと思うの。それともちろんお客さんは来なかったわ」

茶を啜《すす》る女神に嫌そうな顔を向けていると、

「ちょっとあんた、今日は久しぶりに女神らしい活躍をしてきた私にその態度はないんじゃないの？」

と、なんだか上機嫌《じょうきげん》の女神は聞きもしないのに語り出す。

「まあ聞きなさいな！　私がいつもお酒を買いに行ってるお店に行ったら、変な黒シャツを着た男が嫌がらせをしていてね。この私の聖なるグーでその男を追っ払《ぱら》ってやったの。

その際にうっかり樽《たる》のお酒に触《さわ》っちゃったせいで、何樽か水に変わって店主のおじさんが泣いてたけど、今日もアクセルの平和は私の手により守られたのでした！」

「素晴《すば》らしいですアクア様！　そんなアクア様に実は相談が……」

「……ほうほう、私が追っ払った人達がそんな事をしているの？　これは女神として見過ごすわけにはいかないわね」

ほら、さっそく厄介《やっかい》なのが首をツッコみ出した。

4

そんな事があってから何日かが経《た》った頃《ころ》。

アクセルの街は、今までとは様子が違《ちが》っていた。

「ちくしょう、覚えてろよ！」

商品の配達を終えた帰り道で、路地に面した喫茶店《きっさてん》からありきたりな捨て台詞《ぜりふ》を吐《は》きながら、例のマークが入った黒シャツの男達が飛び出してきた。

この喫茶店には覚えがある。

「常連の皆《みな》さん、ありがとうございました！　お礼と言っては何ですが、今夜はとびきりの夢を用意致《いた》しますね！」

「「「「うおおおおおお！」」」」

確かここはサキュバスが経営する喫茶店のはず。

八咫烏を追い出したと思われる男達の歓声《かんせい》がその店内から響《ひび》いてきた。

我輩は、飛び出して行った男達を見送るサキュバスリーダーに近付くと。

「あの連中はこの店にまでやって来たのか」

「バニル様！　……ええ、一体どこで聞いたのか、お前のとこの店はいかがわしい商売をやってるんだろうと言われまして……。警察に密告されたくなければ俺達の傘下《さんか》に入れと脅《おど》されていたところを、店の常連さん達が激怒《げきど》し逆に襲《おそ》い掛かったんです」

確かこの店の常連は高レベルの冒険《ぼうけん》者が多かったはずだ。

「なるほどな。だが、風俗絡《ふうぞくがら》みの店は収益が大きいと思われがちだ。これで諦《あきら》めるとは思えぬし、十分注意する事だ」

「ありがとうございますバニル様！　……あの、それなら以前お願いした、バニル様に庇《ひ》護《ご》して頂くというお話は……」

「知るか。悪感情を生み出す人間ならともかく、悪魔が我輩に甘えるな。仮にも悪魔の端《はし》くれなら、自分達の身は自分で守れ」

「酷《ひど》い！　でもそんな冷徹《れいてつ》なところも悪くないです！」

ぞんざいな扱《あつか》いを受けたサキュバスリーダーは、そんな不思議な事を言って笑い掛《か》けてきた。

――そのまま街をぶらついていると、そこでは案の定とでも言うべきか、迂闊《うかつ》に勧誘を続けていた八咫烏に、我輩の予想通りの事が起こっていた。

「どうしてくれるんだよこの惨状《さんじょう》！　あんたんとこの会社が責任持って守ってくれるんじゃなかったのかよ！　そういう話だったから契約したんだぞ！」

「んな事言ったって、この店がアクシズ教徒の溜《た》まり場になってるだなんて聞いてねーぞ！　こんな端金《はしたがね》であんな連中の相手が出来るかよ！」

そう、こんな具合に。

「契約は契約だ！　アクシズ教徒が飲み散らかして他《ほか》の客に絡《から》んだせいで、当分客足が遠《とお》退《の》くぞ！　その赤字分はちゃんと補塡《ほてん》してくれるんだろうな！　でなきゃ、他の店にあんたんとこは警備も出来ないって広めてやるからな！」

「畜生《ちくしょう》、金なら払《はら》ってやるよ！　こんな店との契約なんて、こっちから破棄《はき》だ！」

「そうはいくか！　契約期間はまだまだ残ってるんだ、毎日警備に来てくれよな！　そんで、アクシズ教徒が来たらちゃんと追い返してくれよ！」

酒場の店主と八咫烏《やたがらす》の者と思われる男が、そんな言い争いをやらかしている。

よりにもよって、また難儀《なんぎ》な店と契約してしまったものだ。

たくましくもキワモノばかりなこの街の住人が、まだまだこんなもので済ませるはずがない。

見通す力を使わなくとも、その予想はもちろん当たり、店への帰り道では……。


「——警備会社がなんたるザマだ！　先月は当家の家宝である神器が盗《ぬす》まれた事から、わざわざ貴様達を雇《やと》ったのだぞ！　それが、今回は貴重な財宝の数々が……！　この責任はどう取るつもりだ!!」

「そそ、そうは申されましてもアンダイン様、今回盗みに入ったのは例の大物賞金首、『銀髪盗賊団《ぎんぱつとうぞくだん》』の仕業《しわざ》だと聞いてます。ウチんとこは弱小警備会社ですし、いくら何でも相手が悪いと言いますか……。そもそもアンダイン様のところは、ウチから契約をお願いしたわけでは……」

「何だと貴様！　貴族の家は警備出来ぬと申すのか!!」

「めめめ、滅相《めっそう》もない！」

どこかの盗賊に家を荒らされた貴族が荒れ。

「──おいどうした!?　一体誰《だれ》にやられたんだ、何があった!?　俺達のやり方が気に食わねえ連中に襲撃《しゅうげき》されたのか!?」

「ち、違う、紅《あか》い目をした子供に突然《とつぜん》ぶつかられたから、このクソガキ、気を付けろって叱《しか》ったら、『その喧嘩《けんか》買おうじゃないか』って言われ、突然襲い掛かられて……」

「紅い目の子供って……。おい、もしかしてそれって紅魔族《こうまぞく》じゃないのか？　紅魔族は知能が高いって聞くしそんなに短気なはずがないだろ。お前、それ以外にも何かしたんじゃないのか？」

「そんな事言われても、思い当たる事がねえよ……」

どこかの魔法使いに襲撃された男が、辛《つら》そうに道に蹲《うずくま》り。

「──助けてくれ！　全身鎧《よろい》の金髪女が、『そこな悪漢！　この私がエリス様に代わり、不埒《ふらち》な貴様達を成敗してやる！』とか言って、いきなり斬《き》り掛かってきた！」

「そんなの警察に言えよ！　街中で武器なんか振《ふ》り回せば一発で逮捕《たいほ》だろうが！」

「言ったよ、ていうか警察署に駆《か》け込んだんだ！　でも、なぜか職員達が皆、見てみぬふりを……！」

どこかの正義感が強い令嬢《れいじよう》に襲われた男が悲鳴を上げ。

そして──


「──やめろ！　てめえ何してやがんだ、ふざけんじゃねえぞコラッ！」

「おい、コイツを止めろ！　なんでこんな事しやがるんだ、一体何が目的なんだよ！」

「ちょっと待て、この金髪のチンピラは見た事あるぞ。確かこの街の冒険者ギルドで注意勧告《かんこく》されてたヤツだ！」

我輩《わがはい》の目の前には、露天商《ろてんしよう》の商品を手当たり次第《しだい》に叩《たた》き壊《こわ》し、数名の八咫烏の連中から羽交《はが》い締《じ》めにされる男がいた。

「へっ、ちょっと留置場で寝《ね》泊《と》まりしてる間に、おかしな連中がハバを利《き》かせてるって聞いてよお！　この街は俺が牛耳《ぎゆうじ》ってるんだ。この俺が支配してるんだ。お前らみたいなよそ者は引っ込んでな！」

纏《まと》わり付く男達をふりほどきながら、我輩も初耳な事を言い出した、この街の支配者を自称《じしょう》するその男。

アクセルの街の要注意人物として知られる、チンピラ冒険者のダストである。

八咫烏の男達に罵声《ばせい》を浴びせながらも、その手は止まる事を知らずに商品を破壊《はかい》し続けていた。

「だから、やめろって言ってんだろ！　この露店は俺達が警備を請《う》け負ってんだ、てめえは俺達に喧嘩売ろうってのか⁉」

「そうだ、ここまでやったら流石《さすが》に警察が黙《だま》っちゃいねえからな！」

激昂《げっこう》し口々に叫《さけ》ぶ男達に、

「凄《すげ》え、お前ら凄えな！　警備の押し売りなんてグレーゾーンに近い商売しているお前らが、困った時は警察頼《だの》みかよ！　格好良いねえええええ‼」

と、盛大に煽《あお》ったダストは、楽しげにゲラゲラ笑った。

やがて手にしていた壺《つぼ》をポンポンとお手玉し。

「それに、警察の専門家でもある俺が一つ良い事を教えてやる。警察ってとこはな、被害《ひがい》届がなきゃ動かないんだぜ？　なあ親父《おやじ》、一つ聞くけど被害届は出すのか？」

「出すわけない。そんな物を出して悪名高いお前さんの恨《うら》みを買えば、後で何をされるか分かったもんじゃないからな」

「だってよ！」

そのやり取りを聞いた八咫烏の男達は、自分はこの騒《さわ》ぎには関係ないとばかりに、商品を壊されているにも拘《かか》わらず呑気《のんき》にタバコを吹《ふ》かす露天商と、良い笑《え》みを浮《う》かべるダストを見比べ。

「おい待てよ親父、それでいいのか？　これだけ商品をダメにされて、泣き寝入《ねい》りするってのか!?」

そう言って、その場の皆が戸惑《とまど》いの表情を浮かべていた。

だが露天商は、のんびりと鼻から煙《けむり》を吹き出すと。

「何を言っている。お前らは警備を請け負っておきながら商品を守れなかったんだ。となれば、契約に基《もと》づき当然お前らが金を払ってくれるんだろ？」

「ふっ、ふざけんなよ！　金を払って欲しいってのなら、せめて警察に届けを……」

「商品も守れなかった連中が、この男から私を守ってくれるのかねえ？」

「ぐっ……！」

露天商の言葉に歯ぎしりしながら、男達はダストを睨《にら》み。

「おい、ここまでやってくれたからには分かってんだろうな。ちょっと顔貸しな、腕《うで》に自信のある冒険者みたいだが俺達だってそれなりのレベルの対人職だ。たった一人で喧嘩を売った事、後悔《こうかい》させてやる」

「死なない程度に痛めつけ、商品の弁償《べんしょう》代として有り金全部払って貰《もら》う。覚悟《かくご》しろよ？」

そう言って、ダストを取り囲む様にして動き出した。

だが囲まれた当の本人は飄々《ひょうひょう》とした態度のまま、どこかに向けて叫びを上げる。

「へっ、分かりやすいこって！　だがなあ、俺がいつ一人だって言ったんだよ？　おいクソガキ、出番だぞ！」

「クソガキって呼ばないで！　ううう、これは良い行い、これは良い行い、これは良い行いだから……！」

ダストに呼ばれ現れたのは、路地に隠《かく》れて様子を窺《うかが》っていたゆんゆんだった。

何かをぶつぶつと呟《つぶや》きながら、腰《こし》のワンドを引き抜《ぬ》き構え。

「ダストさんから聞きました！　あなた方はこの街で、様々なお店に対して嫌《いや》がらせを行い無理やり契約を交《か》わし、不当に利益を得ている人達だとか！　紅魔族の端くれとして、あなた方の様な悪は見過ごせません！」

「いいぞクソガキ、よく言った！　格好良いぞ！」

「だからクソガキって呼ばないで！」

突然の紅魔族の登場に男達は色めき立つ。

「やべえ、紅魔族だ！　さっきもこの街の紅魔族にいきなり襲《おそ》われたヤツがいたって聞いたぞ！」

「俺聞いた事がある！　この街には三度の飯より魔法をぶっ放すのが大好きな、ぶっ壊れた紅魔族がいるって！」

「毎日街の外から聞こえてくるあの爆音《ばくおん》がそうだって聞いたぞ！」

「「コイツか!!」」

「違《ちが》うから！　それ、私の事じゃないから！」

理不尽《りふじん》な人違いをされたゆんゆんは、感情が昂《たか》ぶったのか紅い瞳《ひとみ》を輝《かがや》かせる。

「目の色が攻撃《こうげき》色だ！　ちくしょう、逃《に》げるぞ！」

「これだから紅魔族は！」

「ちょっと待ってええええ！」

ゆんゆんの叫びも虚《むな》しく、男達は散り散りに逃げて行った。

未《いま》だ釈然《しやくぜん》としない表情ながらワンドを収めたゆんゆんが、

「あの、おじさん、大丈夫《だいじようぶ》ですか？　一体何をとち狂《くる》ったのか分かりませんが、ダストさんが壺のほとんどを割ってしまいましたから、これじゃ商売なんて出来ないですよね…

……」

「とち狂ったってお前……。本当に、大人しい顔してたまにキツい事言うよな」

小さく呟くダストを無視し、露天商に申しわけなさそうな顔をする。

だが露天商はタバコを吹かしたまま首を振ると。

「いや、何の問題もないよ。私は元々露天商なんてやっていない、タダのフリーターだからね」

「……えっ？」

そんな意味の分からない発言に、ゆんゆんが目を点にする中。

「それじゃあダストさん、後は任せといてくださいね。思い切りふんだくってやりますよ」

「おう頼《たの》む！　なにせお前はあの連中にちゃんと警備を依頼《いらい》してるんだ。契約書を盾《たて》に出るとこ出れば、いくらでも毟《むし》り取れるからな。どうする？　一壺一千万くらい吹っかけとくか？」

「それは流石に高過ぎでは？　裁判沙汰《さいばんざた》になった際に不利にならない程度の値段にしときましょう」

そんな言葉を交わすダスト達を前にゆんゆんが呆然《ぼうぜん》と立ち尽《つ》くす中、我輩は三人へと近付いた。

「おっ、バニルの旦那《だんな》、どうしたこんなところで？」

「バ、バニルさん!?　丁度良いところに！　あの、聞いてくださいよ、このおじさんとダストさんが良く分からない事を言っていて……」

我輩は落ちていた壺の欠片《かけら》を拾い上げ。

「……我輩が見通してみたところ、これは陶器《とうき》屋のゴミ置き場から拾ってきた失敗作の様だな」

「マッチポンプじゃないですか！」

我輩の鑑定《かんてい》結果に詐欺《さぎ》の片棒を担《かつ》がされたゆんゆんが激昂する。

「マッチポンプだなんて失礼な。私は拾ってきたガラクタで一山当てようと、ここ数日気まぐれに露店を開いていただけだよ。そこに、たまたま連中が警備を押し付けてきたからお願いしただけで、私は何も悪くない」

「そして俺は、たまたま機嫌《きげん》が悪かったから偶然《ぐうぜん》目に付いた壺を叩き割っただけだ。俺も何も悪くない」

「悪いですよ！　こんな偶然あるわけないじゃない！　あなた達二人は知り合いなんでしょう!?　っていうか私、あなたに見覚えがある！　公園の子供達を相手に、『モンスター蔓延《はびこ》るダンジョンから集めてきた、効果不明のお宝だ』って言って、ガラクタを売りつけてるおじさんでしょ!!」

「し、失礼な！　アレは純粋《じゅんすい》な子供達に夢を与《あた》える商売だ！　詐欺師《さぎし》扱《あつか》いは止《や》めてくれ！」

ゆんゆんが露天商に食って掛《か》かる中、この商売の発案者であろう男は言った。

「おい、今日だけでまだ十軒《けん》くらい回るんだからな。なーに、仕事を頼まれた店に行って、他人のふりしてガラクタを破壊するだけの簡単なお仕事だ。あの連中がまた現れたら、追い払《はら》う作業は任せたぞ親友」

「知り合いです！　あなたは友達でも親友でもなく、ただの知り合いです！　これ以上私を巻き込まないで！」

この調子で任せておけば、あのいかがわしい連中は近い内に壊滅《かいめつ》されそうである。

「おっ、次の店を見つけたぞ！　あそこは、暇《ひま》そうなホームレスのおっさんに頼んでここ数日の間だけ店を出してもらったんだ」

「やっぱりダストさんが仕組んでるんじゃないですか！　止めて、昔私の親友が言っていた通りになってきてる！　これ以上私を悪の道に引き込まないで!!」

この二人がこの後どうなるかを見通してみた我輩は、共犯者として巻き込まれる前にその場を後にする事にした。

5

警備会社を相手に詐欺を働いた男が警察に捕《つか》まったとの噂《うわさ》を聞き、それからしばらくが経《た》ったある日の夜。

店内の在庫整理をしていると、隣《となり》の店から罵声が響《ひび》いた。

「――から、知らないって――」

「――ざけんなよ、金を払いたくないからって――」

内容はよく分からないが、お隣さんが誰《だれ》かと喧嘩《けんか》している様だ。

我輩《わがはい》はウィズと顔を見合わせると、様子を見に行く事にした。

「――だから、私は剥《は》がしてないって言ってるでしょう⁉　どこかの子供が持ってったんじゃないの⁉」

「本当かよ⁉　ここ最近、多くの店が一方的に契約《けいやく》解除してるんだ、どうせお前んとこもそうなんだろ⁉　ごまかすとロクな目に遭《あ》わねえからな！　あのシールが無い店はどうなるか分かってんだろうな⁉」

店に入ると、そこには例のシャツを着た男がいた。

お隣さんの女店主は、入ってきた我輩を見てホッとした表情を浮かべている。

そして男もこちらに気付いた様だ。

「チッ……。今夜はこの後デカい山が控《ひか》えてるからもう行くが、またシール持って来るから今度は子供の手の届かねえ位置に貼《は》っとけよ！　じゃあな！　……勝手にシールを剝がされたのはこれで何軒目になるんだよ、クソッ！」

男は店主に早口で告げると、不機嫌そうに出て行った。

あの様子からすると、連中のこの街での商売は相変わらず難航している様だ。

「バニルさん、来てくれて助かりましたよ。まったく、一体誰がシールを剝がしていったのかしらねえ……」

「誰のイタズラかは知らぬが災難だったな。だが、シールの跡《あと》を見るとやけに綺麗《きれい》に剝がしてある。子供の仕業《しわざ》とも思えないのだがな」

店主はやれやれと首を振《ふ》り。

「そうなんですか？　一々ドアに貼られてるシールなんて確認《かくにん》もしませんし、いつの間に剝がされたのやら……。それにしても、ウチもあの警備会社との契約を考え直した方がいいのかしら。主人に先立たれてからというもの、女手一つで店を切り盛りしてるからやっぱり不安で、思わず警備を頼んじゃったけど……」

「なに、隣にはこの我輩が住んでいる。あの様な輩《やから》に頼《たよ》らずとも、困った事があればいつでも相談に乗ろうではないか」

もちろん有料となるのだが。

そして店主にはそんな我輩の心の声は届かなかった様で、疲《つか》れた顔をほんの少しだけ綻《ほころ》ばせる。

「こんな未亡人のおばさん相手に、そんな風に優《やさ》しくしないでくださいな。勘違《かんちが》いするじゃありませんか……」

「何を言うのだ、そなたはまだまだ年若い。我輩からしてみれば、赤子も同然であるな」

「バニルさん……。ふふ、本当に勘違いしちゃいそう。おばさんを煽《おだ》てるにしても、赤子はいくらなんでも言い過ぎですよ」

店主は頬《ほお》を染めながら顔を俯《うつむ》かせ、そう小さな声で呟いた。

四十代の人間など、生まれたてホヤホヤも同然なのだが。

と、その時。

「ウ、ウィズさん⁉ いつからそこに⁉」

店主が驚《おどろ》き慌《あわ》てふためき、店の入り口に向け声を上げる。

そこには期待に満ちた表情で、こちらを窺うウィズの姿。

「のぞき魔《ま》店主よ、汝《なんじ》は何をしているのだ」

「いえ、バニルさんの帰りが遅《おそ》いからお隣さんは大丈夫だったのかなと心配になり、様子を見に来たんですが……」

中に入ってきたウィズが恥《は》ずかしそうにそう告げるが、

「違うの、ウィズさん、これは違うのよ!? 私は亡《な》くなった主人一筋ですから……！」

「ああっ、お隣さん心配しないでください！　私とバニルさんはそんな関係じゃありませんから！　だから今後も遠慮《えんりょ》しなくて大丈夫ですから！」

「――で、バニルさん、お隣さんは大丈夫だったんですか？」

魔道具店に戻《もど》ると、何かを期待するかの様な表情でウィズが言った。

「うむ、どこかの誰かによるイタズラのせいで、店主があらぬ疑いを掛けられていただけだ。八咫烏《やたがらす》とかいった連中はどこかに行ったし、とりあえずは解決したぞ」

それを聞いたウィズは安心した様に息を吐《は》くと。

「そうですか……ではそろそろ本題を。ズバリ聞きますが、お隣の奥さんをどう思っているんですか!?」

「亡くなった旦那さんのお古をくれたりする、良いお隣さんだと思うが」

「違いますよ、異性としてどうかと聞いているんです！　たまに遊びに来るサキュバスさん達から聞きましたよ!?　バニルさんは熟女好きだって！」

「四十年弱を生きただけの生まれたての人間をどうしろと言うのだ、我輩はロリコンではないのだぞ。それに悪魔には、性別はないと言ってるだろうに」

「………………」

残念な物を見る様な目でウィズがジッとこちらを見つめる中、店のドアが慌ただしく開けられた。

こんな時間に誰だと思えば、そこにいたのは見知ったロリサキュバス。

サキュバスは悲痛に顔を歪《ゆが》ませると。

「バニル様、お店が！　私達のお店が大変なんです!!」

6

ロリサキュバスに泣き付かれ、我輩とウィズは夜の街を駆《か》けていた。

「で、一体何がどうしたのだ。店が大変とはどういう事だ？」

サキュバスやウィズを追い越《こ》さぬ様、ゆっくりしたペースで二人に併走《へいそう》しながら状況《じょうきょう》を尋《たず》ねる我輩に、

「それが、八咫烏と名乗るあの人達が、夜になるのを見計らってお店を襲撃《しゅうげき》に来たんです！」

我輩達に置いていかれまいと必死に駆けるサキュバスは、目に涙《なみだ》を浮《う》かべて訴《うった》えかけた。

普段《ふだん》は頼りになるあの店の常連達も、夜ともなれば期待に胸を膨《ふく》らませ、素敵《すてき》な夢を見るために、早々と宿に籠《こ》もって寝《ね》てしまう。

連中がサキュバス達の正体を見破ったとは思えないのだが、狙《ねら》ったのか運が悪かったのか、男性客がいないところを襲《おそ》ったらしい。

だが、ここはハッキリさせるべきか。

我輩はピタリと足を止め。

「いきなり人間に襲われたからと、安易に我輩を頼るのはいただけんな。仮にも悪魔の端《はし》くれならば、普段人間の精気を餌《えさ》とするお前達は自らの力で戦うべきだ。我々悪魔は人間の上位者なのだぞ？」

足を止めた我輩を不思議そうに見るサキュバスに、キッパリ告げた。

「バニルさん⁉　こんな幼い子にいきなり何を⁉」

幼いと言われても、そのサキュバスは間違《まちが》いなくウィズより年上なのだが。

「……いいんです、バニル様のおっしゃる事が正しいのは分かってますから……」

肩《かた》を落としてしょぼくれるサキュバスの姿に、ウィズがキッとこちらを睨《にら》み。

「見損《みそこ》ないましたよバニルさん！　こんな子が助けを求めているのに突《つ》き放すだなんて、バニルさんは鬼《おに》ですか⁉」

「悪魔なのだが」

「冗談《じようだん》言ってる場合じゃありませんよ！」

我輩も冗談を言っているつもりはなかったのだが。

「悪魔には悪魔の規則、そして理念があるのだ。弱き者は淘汰《とうた》され、強き者に支配される。悪魔は力を持つ者こそが正義であり、力なき者は悪とされる。己《おのれ》の欲求《よっきゅう》の赴《おもむ》くままに振る舞《ま》う事を美徳とされ、弱者は自らを律する事を課せられる」

「きゅ、急に真面目《まじめ》な顔してそんな事言い出しても丸め込まれたりしませんよ……」

突然《とつぜん》悪魔の理念を語り出した我輩に、ウィズが若干《じやっかん》怖《お》じ気づく。

「別に真面目な事を言っているわけではない。我々悪魔の生き様であり、プライドの話だ」

そんなウィズを諭《さと》す様に。

「我輩は人間達の悪感情を食《く》らうため、実に様々な人をおちょくり、からかい、コケにしている。つい先日もとある小僧《こぞう》に、セクシー店主の下着であると偽《いつわ》ってその辺で買った品を高値で売り付け、翌日、『おっと、昨日渡《わた》した物は女装趣味《しゅみ》がある男から譲《ゆず》り受けた下着であったわ、失敬失敬』と告げて泣かせたところだ」

「ちょっと待ってください、今聞き捨てならない事を言いませんでしたか？」

我輩を、サキュバスが真っ直《す》ぐに見上げてくる中。

「だがそんな行いをする以上、いつでも討伐《とうばつ》される覚悟《かくご》は出来ている。そう、この世で最も深き巨大《きょだい》ダンジョンを造り、その最下層で冒険《ぼうけん》者を迎《むか》え撃《う》つのが我が願い。死闘《しとう》の末に我輩を打ち倒《たお》し、そして空っぽの宝箱を手にした冒険者を指差しながら、高らかに笑って滅《ほろ》ぶのが我が望み」

「あらためてそれを聞くと、私、バニルさんのダンジョン制作に協力していいものか悩《なや》むのですが……」

隣で何かと邪魔《じゃま》をするウィズを無視し、我輩もサキュバスを真っ直ぐ見下ろすと。

「この街のぬるま湯に浸《つ》かり、すっかり悪魔としてのプライドを捨てた汝に問う。サキュバスは元来、男性冒険者に愛《め》でられる存在ではなく、何よりも恐《おそ》れられる存在だった。お前達は我輩の庇護《ひご》を欲するか？　助けてくれと言うのなら、地獄《じごく》の公爵《こうしゃく》の名において、荒《あら》ぶっていた過去を思い起こし人間共を恐怖《きょうふ》させてやろう。……さあ、選ぶがいい」

思わぬ展開だったのか、ウィズがいつになく真面目な我輩《わがはい》を見上げオロオロする中、サキュバスは我輩を真っ直ぐ見返し息を吸う。

「バニル様……。私、決めました。今まではあなたの後ろ姿を追っていた私達でしたが、今夜はサキュバスの本気を見せてさしあげます！　人間は美味《おい》しいご飯！　精気を無限に出してくれる、私達のご飯なんです！」

「その通りだ見どころのある我が同胞《どうほう》よ！　悪魔が人間にいじめられてどうするのだ！　この見通す悪魔こと我輩が、汝らの活躍《かつやく》を見届けてやろう！」

我輩の言葉に、サキュバスは顔を輝《かがや》かせた——！

「——我輩は美味しいご飯を得る時以外あまり嘘《うそ》は吐《つ》かぬ主義なのだが、ここは前言を撤《てっ》回《かい》しよう」

「いきなり何ですかバニル様⁉　昂《たか》ぶった私のやる気はどうすれば⁉」

サキュバスの店にやって来た我輩達は、予想外の光景を前にしてどうする事も出来ずにいた。

店の前には地面に転がる男達。

それらの連中は言わずとしれた八咫烏だろう。

そして八咫烏をどうにか撃退《げきたい》したと思われるサキュバス達が、まるで蛇《へび》に出会ったカエルの様に、店の前で青い顔をしたまま固まっている。

そして。

サキュバスを止めるに至った元凶《げんきょう》が、我輩とウィズに向け言ってきた。

「あんた達、こんなところで何やってんの？　これから私が、このサキュバス達を華麗《かれい》に退治するところを見に来たの？」

7

一体なぜこんな状況に。

「バニル様、あの人間はお知り合いですか？　私はあのプリーストを知ってます。昔、お仕事でとあるお屋敷《やしき》に侵入《しんにゅう》した際に、あの人の結界で捕《と》らえられ、危《あや》うく消されるところだったんです」

この状況の中、ロリサキュバスは未《いま》だ相手が何者なのか分かっていない様だ。

店の前で固まるサキュバスはおそらく正体に気付いているのだろう。

目の前の相手が悪魔の天敵である女神《めがみ》だという事に。

「アレは我々の店にたまに茶をせびりにくる、物の怪《け》の様なものだ。悪魔やアンデッドを目の敵《かたき》にする習性があり、触《ふ》れる液体を真水に変える特性を持つ迷惑《めいわく》な存在。そう——」

我輩は、自らの説明を受けこめかみをピクつかせる女神を指差し。

「アクシズ教団の女神というヤツだ」

「ヒイッ⁉」

悪名高いアクシズ教団。

しかも、その大元締《おおもとじ》めを前にして、先ほどまでのやる気がすっかり失《う》せたサキュバスは我輩の背に隠《かく》れ震《ふる》え上がる。

そして背後からは、何度も小さく『助けて』という掠《かす》れ声が聞こえてきた。

「アクア様、こんな時間にこんな所でどうしたんですか⁉ あの、何が何やら分からないのですが……」

我輩と女神の険悪な雰囲気《ふんいき》を察したのか、ウィズが慌《あわ》てて場を取り繕《つくろ》う。

「……私はね、そこに転がっている人達がお店にシールを貼《は》って回るせいで、街の人達が迷惑していいるって聞いて閃《ひらめ》いたの。これは、こびり付いたガムやシール剝《は》がしの技《わざ》に定評のある私の出番だ、って」

「アクア様、私が以前相談したのは、お店の人達がシールを貼られて困っている、ではなく、カラスのシールを売り歩く人達が、警備の押し売りをしていて困っていると言ったのですが……」

どうやらウィズの説明は、この女神には難しかった様だ。

おそらくはお隣《となり》さんのドアのシールも、余計な事をするのに定評のある、この女神によって剝がされたのだろう。

女神はこれまでの自分の行いを誇《ほこ》るかの様に言葉を続ける。

「健気《けなげ》な私は頑張《がんば》ったわ。来る日も来る日もシールを剝がし、それを集める日々を送ったの。最初は単調な作業で飽《あ》きそうになったけど、やがて綺麗《きれい》に剝がれるのが楽しくなってきてね。ふと気が付けば、シールを貼って回るこの人達の後をこっそり付いて回る様になっていたわ」

……一体どこからツッコむべきか。

我輩が悩む間に、女神の独白はなおも続く。

「私がシール剝がしを楽しむ様に、きっとこの人達もシールを貼るのが楽しかったんでしょうね。でも、そんな楽しい日々にも終わりが来たの」

八咫烏《やたがらす》の連中に、まるで好敵手か何かを見る様な目を向けながら。

「今日は一体どうしたのか、この人達は今までに無いペースでシールを貼って回っていたわ。それを追う私。貼り続けるこの人達。半ばヤケクソ気味になったこの人達はこう言ったの。『おい、これは一体どういう事だよ！　どこのどいつがこんな嫌《いや》がらせを⁉　このままじゃ埒《らち》が明かねえ、こうなりゃデカいのを落としに行くぞ！』ってね」

――デカいのというのは、つまるところ大きな収入を得られる店。

キワモノな住人達のせいで収益を上げるどころか赤字を背負わされ、しかも契約《けいやく》解除が相次ぐ中、どこかの誰《だれ》かの手によって片《かた》っ端《ぱし》からシールを剝がされていく。

そのため、店が自ら契約を解除したのか、それとも単に剝がされたのか、それすらも分からなくなり。

そしてとうとう、この街唯一《ゆいいつ》の風俗店《ふうぞくてん》という金の成る木に狙いを付け、強引《ごういん》な手段に打って出たわけだ。

もっとも、この店は超格安店《ちょうかくやす》らしいので、連中の狙いも最後まで的外れだったわけだが。

「結局、この人達の言ってる事はよく分かんなかったんだけど、そのまま後を付いてったら何を思ったのか、突然《とつぜん》このお店を襲いだしたのよ。そこで、賢《かしこ》い私は考えたわ。このお店の人達がピンチになった時にババンと出れば、きっと私を女神のごとく崇《あが》めてくれる、って。それなのに……」

女神は店の前で未だ固まるサキュバス達に指を突き付けて。

「なんと、お店から現れたのは世にも邪悪《じゃあく》なサキュバス達だったのでした！　それで、サキュバス達がチャームとか色々使ってこの人達を倒したのを見計らい、皆《みんな》まとめて退治して美味しいとこを持っていこうと思ったの」

思ったの、ではない。

女神というのはどうしてこうも自由奔放《ほんぽう》で身勝手なのか。

と、それまで固まっていたサキュバスが、我輩を見て声を上げた。

「バ、バニル様！　ここは危険です、お逃《に》げください！」

それは、我輩よりも遥《はる》かに格下であり庇護を求めていたサキュバスリーダー。

あの時庇護を求めたのは、あくまで我輩との繋《つな》がりを得るためだろう。

「そ、そうだ、バニル様を逃がさないと！　バニル様、私、今こそ頑張ります！　バニル様が先ほど語ってくれた、悪魔《あくま》の誇りを守って時間稼《かせ》ぎぐらいはしてみせますので……！」

先ほどまで背中に隠れ震えていたサキュバスまでもが、そんな事を言って我輩を庇《かば》うかの様に前に出る。

「皆さん、あの、落ち着いてください！　アクア様、この街を混乱させていた人達はそこに倒れている方々で全《すべ》てのはずです！　今回はお店の襲撃《しゅうげき》までしてますので、流石《さすが》に警察も動いてくれます、ですので、これで一件落着という事で……！」

「勝手に落着させないで頂戴《ちょうだい》。女神としてサキュバス達を見過ごせるわけがないでしょう？　ほら、ウィズも木っ端《ぱ》悪魔もあっちに行ってて。でないと私の神オーラに巻き込まれてあんた達まで消えちゃうわよ？」

女神はウィズの言葉を遮《さえぎ》ると、最後通告をするかの様に言ってきた。

それを受けたサキュバス達は、覚悟を決める様に身構える。

と、そんな中。

「バ、バニル様？」

動こうとしない我輩を、前に立っていたロリサキュバスが不思議そうな顔で見上げてきた。

「店主よ。ちょっと屋敷まで行って、この忌々《いまいま》しい暴虐《ぼうぎゃく》女神の保護者を呼んできてくれ」

「は、はいっ！」

ウィズに指示を出した我輩は、その場の皆の視線を浴びながら。

慌ただしく駆《か》けて行くウィズを見送ると、我が宿敵に向け不敵に笑った。

「ひょっとしてカズマを呼びに行かせたの？　でもそんな事をしても無駄《むだ》よ、私がやっているのは街に巣くう邪悪なサキュバス退治だもの。私の清く正しい行いは誰にも止める事は出来ないし、カズマに怒《おこ》られる筋合いもないはずだわ」

「見通す悪魔が宣言してやる。汝《なんじ》は駆け付けてきた保護者に折檻《せっかん》され、泣き喚《わめ》きながら許しを請《こ》うと！」

ロリサキュバスの前に出て女神と対峙《たいじ》する我輩に、背後から悲痛な声が聞こえてきた。

「バニル様、ここはどうかお逃げになってください！　私、こないだ残機が増えたばかりなので、一回くらいなら大丈夫《だいじょうぶ》ですから！」

目の前の女神が本気を出せば、残機どころか簡単に消滅《しょうめつ》する下級悪魔達が身の程《ほど》も知らずにそんな事を言っている。

「その子の言う通りですバニル様！　地獄《じごく》の大公爵《だいこうしゃく》がこんなところで消されては……！」

続けて聞こえるサキュバスリーダーの声にも耳を貸さず。

「悪魔にとって、契約は絶対のものだ。この意味が分かるか？」

我輩は、ぽつりと言った。

「そ、そんな事はもちろん知ってますが、今はそれどころでは……！」

サキュバスリーダーの悲鳴じみた声を聞きながら。

「お前達は我輩《わがはい》に庇護《ひご》を求めたな。我輩は、先ほどこのちっこいサキュバスにこう言ったのだ。『お前達は我輩の庇護を欲《ほっ》するか？　助けてくれと言うのなら、地獄の公爵の名において、荒《あら》ぶっていた過去を思い起こし人間共を恐怖《きょうふ》させてやろう。さあ、選ぶがいい』とな。このちっこいのの『助けて』という呟《つぶや》きの下《もと》、汝らは我が庇護下となった。となれば我輩には汝らを、目の前の狂犬《きょうけん》女神から守る義務が発生する」

その言葉に、サキュバス達がハッと息を呑《の》んだ。

「ちょっとあんた、ひょっとして私とやり合うつもり？　私が今まで祓《はら》わなかったのは、あんたが消えたらウィズが泣くと思ったからよ？　まさかこの状況《じょうきょう》で手加減してもらえるとか思ってないでしょうね」

剣呑《けんのん》な雰囲気を漂《ただよ》わせ、女神は鬱陶《うっとう》しいくらいの神気を放つ。

それを受けたサキュバス達は、身を縮こませて身近な者と抱《だ》き合いながら、涙《なみだ》を浮《う》かべて震え出した。

――そして我輩は、背中で震える一人のサキュバスを庇う様に、一歩前へ踏《ふ》み出すと。

「フハハハハ！　フハハハハハハハ!!　すると貴様は今まで、我輩に手加減をしてくれていたという事か。これはぜひとも礼を言わねばなるまいな、どうもありがとうございます！　だが心配せずとも、全知にして全能を自称《じしょう》するクセに、我々はおろか魔王《まおう》すら未《いま》だに倒《たお》せない神々など何一つ恐《おそ》れる事などないわ！」

我輩に煽《あお》られた事により、女神の眉《まゆ》がキリキリ上がり。

「上等よ雑魚《ざこ》悪魔！　あんたなんかサクッと倒して経験値の足しにしてあげるわ！」

「やれるものならやってみろ、どれだけ経験値を得てレベルが上がってもまるで成長しない駄女神《だめがみ》め！」

「わあああぁーっ！　あんたまで私の事駄女神って言った！　絶対消し飛ばしてやるからね！」

「貴様こそ今日ここで葬《ほうむ》り去り、アクシズ教などという忌々しい迷惑集団を解散させてくれるわ！」

狂犬女神と我輩は、互《たが》いに叫《さけ》び襲《おそ》い掛《か》かった！

「「「「バニル様ー！」」」」

8

一夜明けたその日の昼。

ウィズ魔道具店では、床《ゆか》に正座した女神が悪魔に頭を下げていた。

「ごめんなさい」

「べべ、別に私は、その、あの、ね⁉」

「ええ、もももちろんですよ、その、ねえ⁉　幸いな事に誰も残機は減ってませんし！」

女神の素直《すなお》な謝罪を受け、怯《おび》えながら慌《あわ》てる二人のサキュバス。

今回の件に一番関《かか》わった者として、ロリサキュバスとサキュバスリーダーの二人が女神と話をする事になった。

——昨夜女神と死闘《しとう》を繰《く》り広げた我輩は、何度か体を崩《くず》されながらも女神の保護者が駆けつけるまでサキュバス達を守り切り。

そして女神はといえば、駆け付けた保護者のかつてないマジギレを受け今に至る。

「あのね。あんなに怒ったカズマさんを見たのは初めてだったの。それこそ、カズマがべ

ッドの下に大事にしまってたえっちい本を、皆の前でこれ見よがしに鍋敷《なべじ》きに使って晒《さら》し者にした時以上だったわ」

未だしょぼくれる女神を見て、二人のサキュバスが声を掛けた。

「あの方は私達のお店の常連さんですから、今度来た時にアクア様が十分反省していたって伝えときますよ！」

「そうですよ、私達が思いきり持ち上げときますから、元気出してください！　ねっ⁉」

悪魔に励《はげ》まされる女神の図という、大変珍《めずら》しい絵が見られた。

しかし女神にサキュバス達の喫茶店《きっさてん》を認めて貰《もら》うためとはいえ、悪魔が女神に媚《こ》びを売るのもどうなのか。

「あなた達を退治すると、街中の男性冒険者《ぼうけんしゃ》からも死ぬほど恨《うら》まれるからなって脅《おど》されたわ。ごめんね。あなた達が何をしてるのかは知らないけど、そんなに皆に愛されてるのなら退治するのはいけない事よね。あなた達の事は見逃《みのが》してあげるから、一緒《いっしょ》にカズマさんに謝ってくれる？」

「もも、もちろんですよアクア様！」

「ええ、その代わり私達の事は内緒《ないしょ》にして頂くという事で、どうか一つ……」

そんな三人を尻目《しりめ》に、皆の分のお茶を淹《い》れていたウィズが呟く。

「それで、結局八咫烏《やたがらす》という組織はどうなったんでしょうか？」

そう。

今回の揉《も》め事の発端《ほったん》となったあの組織だが、喫茶店に襲撃を掛けたのは流石に問題となり、今では全員檻《おり》の中だ。

サキュバス達がこの街では禁止されている風俗業《ふうぞく》を営んでいたから、現場を押さえようと踏み込んだだけだと主張しているらしいが、一応査察に入った警察によると、あの店からは風俗を営んでいた形跡《けいせき》はおろか、いかがわしい物の一つも見つからなかったそうだ。

それも当然の事だろう、なにせあそこは夢を見させる店なのだ。

そんな彼らは、詐欺《さぎ》の主犯として先に檻に入れられていたチンピラ冒険者から、今頃《いまごろ》しっかりと教育されている事だろう。

「まあ、当分は出てこられないだろうし、出て来たところで無害な連中になっている事だろう。これで一件落着だな。しかし、流石に今回の件は疲《つか》れたな。……どこかの誰《だれ》かが喧《けん》嘩《か》をふっかけてくれたせいでな!!」

これ見よがしに大きな声で、正座を続ける女神に向けて。

我輩の言葉を受けた女神はといえば、不機嫌《ふきげん》そうに顔を曇《くも》らせた。

「……ちょっとあんた、この私がこんなに素直にごめんなさいしてるんだから、ササッと水に流してくれたらどうなの？　自称っぽいけどあんた仮にも大悪魔なんでしょう？　そのくらいの度量とかはないんですか？」

「ふむ。自称女神がそこまで言うのなら許してやらぬ事もないが。……そうだな、『人間の保護者相手にちっとも頭が上がらない女神ごときが、偉大《いだい》なるバニル様に喧嘩を売って申しわけございません』とでも言ってもらおう。それで今回の件は水に流してやる」

それを聞いた女神の眉が、きりきりと吊《つ》り上がっていく。

「一応言っとくけど、サキュバスに手を出すなとは言われたけどあんたを退治するなとは言われてないんだからね？　あんたを見逃してあげてるのはあくまでおまけ。おまけなの。そこら辺が分かったなら、もうちょっと態度をあらためなさいな」

「フハハハハ、やはり反省の色がちっとも見えないではないか短気な女神め！　言っておくが、悪魔《あくま》にとって序列が上の者からの命令は絶対だ。当然、そこにいるサキュバス達が、貴様をあの小僧《こぞう》に取りなしてくれるかどうかは我輩の機嫌一つに関わってくる。サキュバスは我が庇護下にある悪魔の中でも最下級であるからな！　フハハハハハ！」

我輩の挑発《ちょうはつ》を受けた女神は恐縮《きょうしゅく》しているサキュバスに。

「ねえ、あなた達の事を最下級だとか命令は絶対だとか随分《ずいぶん》な言い草だけど。今なら、私がコイツを祓ってあげるわよ？」

「めめめ、滅相《めっそう》もないです！　バニル様は口ではこうですが、何だかんだで良くしてくれます！」

「はい、大丈夫ですからっ！　これはこれで悪くないので！」

当然のごとくサキュバスに断られ、我輩を睨《にら》み付けてくる女神を前に。

「フハハハハハ！　これが我輩の人望というヤツである！　後輩《こうはい》女神にすら抜《ぬ》かれる程度しか信者がいないどこかの誰かとは違《ちが》うのだ！」

「ねえ。ウィズとそこのサキュバス二人は、ちょっとだけこの店から出てくれないかしら。でないと、あなた達を巻き込んじゃうからね」

そして女神は今日もまた、保護者に連行されていった。

9

すっかり日も暮れた時間帯。

魔道具店の店内を、古びたランプの明かりが照らす。

「まったく、バニルさんはもう少し大人になってくださいよ。それでも長い年月を生きている悪魔なんですか？」

二日連続で騒《さわ》ぎに巻き込まれ、ウィズが疲れた様に言ってきた。

「それはあの女神にも言ってやれ。そもそも、ウィズや小僧、他《ほか》の者達が甘やかすから悪いのだ。アレは放《ほう》っておけばどこまでも調子に乗るタイプだぞ。この間のエリス感謝祭での騒ぎを忘れたのか」

我輩の正論に、ウィズがぐっと押し黙《だま》る。

「そうは言いますが、アクア様もあれでとっても可愛《かわい》らしいところがあああっ、えええええええ!?」

「何だ、いきなりどうしたのだ騒がしい」

「いえ、名前！　バニルさんてば、今私の事をなんて呼びました!?」

「難聴《なんちょう》店主と呼んだがどうした」

「絶対違いますよね!?　難聴店主って何ですか、もう一回！　バニルさん、もう一回言ってください！」

椅子《いす》に腰《こし》掛《か》けていた我輩に、ウィズが纏《まと》わり付きながら。

「お願いですよバニルさん、私を名前で呼ぶだなんて、人間だった頃《ころ》以来じゃないですか！」

「……その事もあの女神にちゃんと話してやってくれ。以前から、汝《なんじ》との出会いや過去の話を鬱陶しいくらいに聞かれてかなわん。ついでに、汝がリッチーになった経緯《けいい》もな」

それを聞いたウィズは、少しだけ嬉《うれ》しげに口元を緩《ゆる》めると。

「はい、その内またアクア様が遊びに来た時にでもお話ししますね」

そう言って、優《やさ》しく笑った。


「——そう言えば」

「はいっ！」

今夜のウィズは機嫌が良いのか、浮《う》かれた声が返ってくる。

「今回の件で、サキュバス達が稼《かせ》ぎの一部を上納してくれる事になった。そして、八咫烏の連中だがな。どうやら、他の街々でよほど疎《うと》まれていたらしく、逮捕《たいほ》に協力したという事で、警察から幾《いく》ばくかの金も貰った」

言いながら。

我輩《わがはい》は、手にしていた革袋《かわぶくろ》をウィズに見せると。

「まったく……。相談屋にはじまり従者役、冒険者ギルドの受付嬢《じょう》。果てはサキュバス達の用心棒まで。この短期間で色々やったが、これとサキュバスからの上納金、そして今までの稼ぎを合わせれば、これでようやく真っ当な新商売が始められる」

思えばこれまで苦労した。

いくら我輩が悪魔であるとはいえ、ここまでの罰《ばつ》を受ける事をしたのかとあらためて神々を憎《にく》んだものだ。

だが、それも今夜限りとなるだろう。

なにせこれからは、今の今まで練りに練っていた新商売を始めるのだ。

「あの……バニルさん……」

そう、これからの時代は――！

「……なんだ」

ぼんやりとランプの明かりが照らす中、か細いウィズの声に小さく答えた。

正直言って聞きたくない。

何を言われるのかは聞きたくない。

だがこれから何を言われるのかを見通す力など使わなくとも予測が出来る、現在の自分が忌《い》まわしい。

そして――

「実は、ですね。金庫の中にあったお金なんですが……」

「『バニル式破壊《はかい》光線！』」

この古くからの付き合いの友人を、我が望みを叶《かな》えるための相手に選んだ過去の自分こそが忌まわしい！

ああ、願わくば――

我が望みと、この友人の願いが叶いますよう――――！

最終話 リッチーはじめました

1

ある晴れた日の昼下がり。

今日は定休日だというのに、この魔道具《まどうぐ》店に迷惑《めいわく》な客が居座っていた。

「ほらほら、今日はちゃんとお菓子《かし》だって持ってきたんだからね！　ウィズ、お茶頂《ちょう》戴《だい》！　熱くて濃《こ》いめのやつね！」

「はいっ、ただいま！」

その迷惑な客は、ウキウキしながら隅《すみ》にあったテーブルを引き摺《ず》り、勝手に店の中央に置くと。

「さあ、時間はたっぷりあるんだから今日こそは聞かせてもらうわよ！」

「毎日時間が有り余っている汝と違い、我輩はやる事があるのだがな」

早く早くと急《せ》かす青髪女神《あおがみめがみ》に、我輩はため息を吐《つ》いた。

――連日のように店に茶を飲みに来るこの女神が我輩とウィズの関係を聞きたがり、あまりにも煩《うるさ》いので話してやる事になったのだが。

「それにしても、アクア様はどうしてそんなに私達の過去が気になるんですか？　なんといいますか、それほど壮大《そうだい》な物語があるわけじゃないですよ？」

カップにお茶を注ぎながらウィズが恥《は》ずかしそうに口元を綻《ほころ》ばせる。

イケイケだった過去を思い出しているのだろうか。

「だって、真面目《まじめ》なウィズと根性拗《こんじようねじ》くれ曲がったこのヘンテコ仮面って性格が真逆じゃない。どうして一緒《いっしょ》にいるのか気になっておかげで夜も眠《ねむ》れないの。仕方ないから毎日遅《おそ》くまで昼寝《ひるね》してるわ」

「あの、アクア様、お昼寝するから夜眠れないだけなのでは……」

相変わらずバカなやり取りをする二人を前に、我輩は椅子を引いて腰掛けた。

「隙《すき》をみては店の金を使い込む不真面目店主と、勤勉な事に掛《か》けてはこの街一と評判な我輩を比べるのは失礼であるぞ」

我輩の言葉にウィズがバッと視線を逸《そ》らす。

青髪女神はそんなウィズをチラリと見ると、茶を美味《うま》そうに啜《すす》り。

「そもそも、なんでウィズがリッチーなんて汚《きたな》らしい存在に成り下がったのかも知らないし。普段《ふだん》お茶淹《い》れてもらったりお菓子もらったりしてるから、一応事情を聞いてあげようかと思ってね。リッチーになった理由によっては、ウィズが天に召《め》された時に一緒にエリスに謝ってあげてもいいかなって思ったのよ」

と、珍《めずら》しくまともな発言をする茶飲み女神。

「昔ならともかく、今はリッチーになる魔法は禁呪扱《きんじゅあつか》いだからそう簡単には魔法を覚える事も出来ないし。それを一体どこで知ったのかも気になってね」

「それは我輩が教えてやった」

「ゴッドブロー！」

突如《とつじょ》として殴《なぐ》り掛かってくる狂犬《きょうけん》女神。

我輩はそれから逃《のが》れるため、咄嗟《とっさ》に体を砂へと変えた。

「あっ、ちょっとあんた砂になるのはズルいわよ！　ウィズになんてもん教えたのよ、一発殴らせなさいな！」

「落ち着いてくださいアクア様、確かにバニルさんにはリッチー化の禁呪を教わりましたが！」

体を元に戻《もど》そうとしない我輩に、暴力女神が手にしていたお茶を注いでくる。

「アクア様、そんな事をしたら床《ゆか》が濡《ぬ》れますしバニルさんが熱がりますよ！」

「お茶を注いで無理やり固めてから殴ってやるわ。もしくはコイツの仮面を捨ててくるから、ゴミ袋《ぶくろ》とか貸して頂戴」

理不尽《りふじん》女神が良からぬ事を考えている様なので仕方なく体を戻す。

「まあ落ち着くがいい短気な女神よ、我輩が消えて無くなれば面白《おもしろ》おかしいウィズの昔話が聞けなくなるぞ？　ウィズにだけ話をさせては不都合な事や恥ずかしい事は伏《ふ》せてしまうからな」

「何言ってるんですかバニルさん、恥ずかしい事や不都合な事なんて一つもありま……、あんまりありませんよ！」

「……とりあえず、聖なるグーを食《く》らわせるかどうかは話を聞いた後にしてあげるわ」

言いながら、倒《たお》れたテーブルを起こしお茶を淹れてと女神がせがむ。

ウィズはかいがいしくお茶を淹れ直すと、何だか嬉《うれ》しそうにこちらを見て。

「それじゃあバニルさん、私が話してもいいですか？」

そう言うと、懐《なつ》かしそうに語り出した。

2

ダンジョンに罵声《ばせい》が響《ひび》く。

「くそっ、また湧《わ》き出しやがった！　ロザリー、もっと浄化《じょうか》魔法を頼《たの》む！」

ソードマスターのブラッドがオーガゾンビに剣《けん》を振《ふ》るう。

「『ターンアンデッド』！　『ターンアンデッド』！　これじゃキリがない！　ねえ皆《みんな》、ここは引き揚《あ》げようよ！」

それに応《こた》えるかの様に魔法を連続して放つアークプリーストのロザリーが、泣きそうな顔で悲鳴を上げ。

「バカ言え、目の前に宝箱があるってのにこれを置いて行けるかよ！」

ブラッドとロザリーが言い合う中、後方で詠唱《えいしょう》を行っていた私は灼熱《しゃくねつ》魔法を解き放つ。

「『インフェルノ』！」

ダンジョン内が明るくなり周囲の温度が一気に上がる。

それと同時に私達を取り囲んでいたオーガゾンビ達は灼熱の業火《ごうか》に包まれ崩《くず》れ落ちた。

モンスターが一掃《いっそう》された事により安心したのか、二人は崩れる様に座り込む。

革袋《かわぶくろ》の水をあおり息を吐いたブラッドが、私に笑い掛《たよ》けてきた。

「ふう……助かったぜ。やっぱここぞって時は頼りになるな、ウィズ」

「し、死ぬかと思った……！　エリス様、無事を感謝します！」

——ここは王都の近くで最近発見されたダンジョン。

魔王軍の幹部の一人がここに隠《かく》れ住んでいると聞き、パーティーメンバーの二人と共にやって来たのだけど……。

「二人はそのまま休んでいて。その間に魔法で宝箱の罠《わな》を調べるから」

大量のオーガゾンビを一掃した私は部屋の奥にある箱に目を向けた。

ダンジョンには、なぜかこうして宝箱が放置されている事がある。

一説では、冒険者《ぼうけんしや》を誘《さそ》い込むための餌《えさ》であるとか、ダンジョンはモンスターの住居であるため、溜《た》め込んだ財産を箱に入れて保管しているだけだとか。

諸説は色々あるが、私達冒険者にとっての大切な収入源である事には違《ちが》いない。

「『トラップ・サーチ』。『エネミー・サーチ』」

宝箱に手をかざすが何の反応も示さない。

「大丈夫《だいじようぶ》、罠は無いしミミックでもないわ」

「おおっ、それじゃ早速《さつそく》開けようぜ！　これだけ深い階層にある宝箱だ、きっと良い物入ってるぞ！」

「ちょっとブラッド、あたしが先に確認《かくにん》してあげるからあんたはそこで休んでなさいよ！」

宝箱の中身を早く見ようと争う二人に苦笑《くしよう》しながら、私は箱に手を伸《の》ばすと——

私に開けられる前に、宝箱は自ら蓋《ふた》をはね除《の》けた。

「ドカーン!!」

「きゃあああっ!?」

突然《とつぜん》開いた宝箱から、そんな大声と共に何かが現れる。

油断していたところへの奇襲《きしゅう》に思わず腰《こし》を抜《ぬ》かしそうになってへたり込んでいると、箱から飛び出した何かはむくりと立ち上がった。

「フハハハハハハ、大当たり！　大当たりであるな冒険者よ、宝箱の中身はなんと我輩《わがはい》でした！　さあ、我輩という当たりを引いた汝《なんじ》らには、もれなくこれからの素敵《すてき》な未来を見通してやろう！」

呆然《ぼうぜん》としている私達の前で立ち上がったのは仮面を付けた大柄《おおがら》な男。

仮面の男は地面にへたり込む私の顔を覗《のぞ》き込むと首を傾《かし》げた。

「ふむう、驚《おどろ》かし過ぎたのか美味なる悪感情が湧いてこないな。宝箱の中に潜《ひそ》んで冒険者を待つこと一ヶ月。これだけの労力を使ってのドッキリなのだから、もうちょっと良いリアクションを希望する」

仮面の男の言葉に、私はハッと我に返る。

「な、なんなのあなたは!?　どうして宝箱の中に……、というかあなたはモンスター!?　だったらどうして私のエネミーサーチが反応しなかったの!?」

「清く正しく悪辣《あくらつ》であるところの我輩をモンスター呼ばわりするとは失礼な。自己紹介《しょうかい》がまだであったな、ドヤ顔で『大丈夫、罠は無いしミミックでもないわ』と箱を開け、腰を抜かした娘《むすめ》よ」

初対面で何だろうこの人、凄《すご》く魔法を撃《う》ち込みたい。

「おっと今更《いまさら》ながらに美味なる悪感情をありがとう！　我輩は魔王軍幹部にして地獄《じごく》の公《こう》爵《しゃく》を務める大悪魔《だいあくま》、バニルである！」

「「「地獄の公爵!?」」」

謎《なぞ》のレアモンスターか何かかと思えばとんでもない大物だった。

魔王軍幹部の討伐《とうばつ》に来た私達だけど、まさかこんな相手に出くわすだなんて……。

公爵級の悪魔といえば、本来神々と世界の終末を賭《か》けて争うクラスの大悪魔。

地上で人々と争っている程度の魔王の部下をやる存在ではないはずなのに……！

「魔王の幹部の大悪魔だって!?　そんなヤツが宝箱の中で人を驚《おどろ》かすなんてしょうもない事するかよ！　ウィズ、ロザリー、騙《だま》されるな！　コイツはただの変質者だ！」

「待ってブラッド、確かにどこからどう見ても変質者だけど、あたしコイツに見覚えがある！　手配書にあった魔王軍の幹部の写真にそっくり！」

ロザリーの言葉に私はバッと立ち上がると、飛び退《すさ》りながら杖《つえ》を構えた。

「魔王軍幹部、バニル！　あなたにはここで消えてもらうわ！」

「ウ、ウィズ!?　さすがに相手が悪くないか!?」

「やるの!?　ウ、ウィズがやるならエリス教アークプリーストとして、あたしだって…

…！」

戦闘《せんとう》態勢を取る私を前に、バニルと名乗った悪魔がやれやれと首を振る。

「我輩は素敵な未来を見通してやると言っているだけなのに、汝らときたらなんと野蛮《やばん》な
のか。まったく、これだからエリス教の狂信者《きょうしん》や武闘派《ぶとうは》魔法狂は……」

ひょっとしなくても武闘派魔法狂とは私の事？

私の人生において初対面の相手にこんな無礼な事を言われたのは初めてで、どう返して
いいのか戸惑《とまど》ってしまう。

「エリス教の狂信者って何よ、また随分《ずいぶん》な言い草ね！　地獄の公爵バニル！　倒すとまで
はいかなくても、エリス様の名においてあなたを封印《ふういん》させてもらうから！」

そんな私をよそに、ロザリーが懐《ふところ》から何かを取り出し魔法を唱えた。

「これでも食らいなさい！　あたしがプリーストになってから、毎日祈《いの》りを込め続けてきたとっておきの触媒《しょくばい》よ！」

それはロザリーが常に身に着けていたエリス教団のシンボルが刻まれたネックレス。

長い年月を掛《か》けて至高の触媒となったそれがバニルの足下《あしもと》に投げられる。

「『セイクリッド・シェル』！」

魔法の言葉を受けたネックレスが眩《まばゆ》い光を放ち始め……！

「なんだこんなもん」

バニルは封印の魔法が発動されるまで待つ事なく、足下に転がされたネックレスを蹴《け》っ飛ばした。

「ああっ!?　罰当《ばち》たりな！」

涙目《なみだめ》でネックレスを拾いに行くロザリーを尻目《しりめ》に、バニルは何もしないとばかりに両手を上げると。

「少し落ち着くがいい冒険者よ。まずは話をしようではないか」

そう言って、その場にドカリとあぐらをかいた。

3

話を聞き終えたブラッドが複雑そうな表情を浮《う》かべて言った。

「——つまりあんたは、魔王軍の幹部ではあるものの結界の維持《いじ》を頼まれただけで、人に危害を加えるつもりはないと」

バニルを取り囲む様にしてその場に座った私達は、この変わった悪魔の話を聞き終え、どうしたものかと悩《なや》んでいた。

「そんな事信じられないわ！　だってコイツは悪魔なのよ⁉　悪魔といえば卑怯《ひきょう》で鬼畜《きちく》で人に害を与《あた》える事しか考えていない連中なのよ⁉　悪魔は滅《ほろ》ぼすべきだわ！」

先ほどから討伐すべきと主張しているのはロザリーだ。

「そうは言うが、女神《めがみ》という連中も日頃《ひごろ》何もしてくれないくせに信じれば救われると嘯《うそぶ》き、寄付をすれば天国に行けると言って金を毟《むし》り、人に害を与える事しかしない連中ではないか」

「神の敵め、滅ぼしてやる！」

「待て待て、待てって！　相手は公爵級だぞ、よく考えろ！　お前の封印をあっさり破ったぐらいだ、きっとコイツは本物だ！」

メイスを握《にぎ》り立ち上がったロザリーをブラッドが抑《おさ》える中、私は深くため息を吐《は》いた。

「あなたの事情は分かりました。でも私達は、王国から魔王軍幹部討伐の依頼《いらい》を請《う》けてここに来てるの。それにロザリーの言葉ではないけれど、悪魔は人類の敵。見過ごすわけにはいかないわ」

そう言ってバニルを見つめる私に向けて。

「そんな頭の固い事を言っているから人の想《おも》いにも気付かないのだ鈍感《どんかん》女め」

「ど、鈍感女？　人の想いって一体何の話を……」

「ウィズ、そんな事は今はどうでもいいじゃないか！　それよりお前ら、せっかく相手が戦いたくないって言ってるんだし落ち着けよ！」

私とバニルの間に割って入ったブラッドが、慌《あわ》てた様に手を振った。

「うむ、そろそろ冒険者を引退し、想いを寄せ続けてきた仲間を嫁《よめ》に貰《もら》い、のんびり暮らしたいと考えているその男の言う通りだ」

「おいあんた何言ってんだ！　さっきからちょこちょこ変な事言わないでくれ！」

「ブラッド？　あ、あんたまさか……。あ、あたしの事を……」

「ちげえよ、この流れでお前まで何言ってんだ！」

皆が何を騒《さわ》いでいるのかよく分からないが、やはり悪魔は見逃《みのが》せない。

不意討《ふいう》ちというのも気が引けるけど、綺麗事《きれいごと》を言って勝てる相手じゃない事も分かっている。

「じゃあ誰《だれ》なのよ。……はは−ん、地上で他《ほか》の魔王の幹部を追って別行動してるカレンとか？　でもダメよ、あの子はユキノリと両想いなんだから」

「ああもう、お前はちょっと黙《だま》ってろよ！」

未《いま》だ騒いでいる二人をよそに、私はこっそりと魔法を唱え——！

「『ライト・オブ・セイバー』ッッッ！」

騒ぐ二人を面白《おもしろ》そうに見ていたバニルに向けて、思い切り腕《うで》を振《ふ》り払《はら》った！

それは紅魔族が好んで使うと言われる、術者の魔力次第《しだい》でどんな物でも切り裂《さ》ける必殺魔法。

油断していたバニルの体に白い光が斜《なな》めに奔《はし》り、それと同時に喧嘩《けんか》していたはずの二人が武器を抜き戦闘態勢を取る。

長い間共に冒険してきた二人は私の詠唱《えいしょう》に気付いていた様だ。

バニルは自らの体を驚愕《きょうがく》の表情で見ると……！

「不意討ちとはいえ、まさかこの我輩を倒《たお》すとは……見事だ、冒険者よ……」

そう言って、口元にどこか安らかな笑《え》みを浮かべながらその体を崩《くず》れさせた……。

「……ごめんなさい。魔王軍幹部、バニル。ほんのわずかな会話だったけど、あなたの事は忘れないから……」

あっさり倒せた事にどこかホッとしながらも、争いを望まない相手を不意討ちした事で後味の悪さが胸に残る。

「……ウィズ、アイツは魔王の幹部だ。アイツがいるとそれだけで魔王城の結界が維持される。お前は正しい事をしたんだ、気に病《や》むな」

「そ、そうよ、悪魔を滅ぼす事は正しい行いよ！　きっとエリス様も喜んでくれているわ！」

気を遣《つか》ってくれるそんな二人に向けて、私は思わずくすりと笑う。

「大丈夫《だいじょうぶ》、私はそんなにヤワじゃないわ。さあ、地上に戻《もど》りましょう？　そしてカレンやユキノリの援護《えんご》に行かないと」

地上では他の魔王軍幹部討伐に行っている三人が苦戦しているかもしれない。

このダンジョンに潜んでいた幹部を撃破《げきは》した以上、ここに留《とど》まる理由もない。

私はテレポートの魔法で帰還《きかん》しようと魔法を唱え――

「『テレポート』！」

転移魔法が発動する中、地面に残されていた仮面の下に土が集まり、それがむくりと身を起こす。

「我輩を倒せたと思ったか？　残念、またダンジョン入り口からやり直すがいい！　待っておるぞ冒険者《ぼうけんしゃ》よ！」

そんな笑い声を聞きながら。

「「…………」」

発動した転移魔法を今更中断する事も出来ず。

拠点《きょてん》にしている街に転移した私達は呆然《ぼうぜん》と立ち尽《つ》くしていた。

ブラッドがぽつりと呟《つぶや》く。

「一週間以上かけてダンジョン最深部まで潜《もぐ》ったってのに……」

……あの悪魔、絶対に許さない。

4

一週間後。

「フハハハハハ！　フハハハハハハハ!!　美味である美味である！　汝《なんじ》らの放つ悪感情、これはなかなかの美味であるわ！」

再びダンジョンの下層に戻ってきた私達は、バニルに戦いを挑《いど》んでいた。

「ウィズ、ロザリー！　今だ、そいつをぶっ殺せ！」

「『セイクリッド・エクソシズム』！」

ロザリーの退魔《たいま》魔法が放たれるが、バニルはそれをヒョイと躱《かわ》し、

「『ライト・オブ・セイバー』！」

私が放った光魔法を避《よ》けもせずにその身で受ける。

前回と同じように体を崩れさせ始めたバニルは、真剣《しんけん》な声で言ってきた。

「よもやこの我輩《わがはい》を二度も倒そうとは……見事だ、冒険者達よ……」

「うるせえ、どうせちっとも効いてないんだろお前！　ロザリー今だ、体が崩れかかってる内に祓《はら》っちまえ！」

「もう一度！『セイクリッド・エクソシズム』！」

ロザリーが再び魔法を唱え、破魔の光がバニルを襲《おそ》う。

……が、その光が届く前に、バニルは崩れかけた体にも拘《かか》わらず自らの仮面を剝《は》ぎ取ると、それを片手で投げつけた。

仮面が投げられた先には、魔法を放った事で隙《すき》が出来たロザリーがいる。

バニルの仮面は吸い込まれる様にロザリーの顔に貼《は》り付くと――

「うむ、エリス教徒のくせになかなか鍛《きた》えられているではないか、動かしやすくて良い体だ」

自らの体の具合を確かめる様にくいくいとあちこちを曲げ、ロザリーはそんな事を言っ……！

「ブラッド、ロザリーが体を乗っ取られたわ！　剣《けん》による攻撃《こうげき》は控《ひか》えて！」

「ま、マジかよ!?　ロザリーは高レベルのアークプリーストだぞ!?　そんなにアッサリと体を乗っ取られるはずが……」

そんな私達の言葉を肯定《こうてい》するかの様に、ロザリー、いや、その体を乗っ取ったバニルはブラッドの方に向き直り。

「あたし前々から思ってたんだけど、ブラッドってゴブリンと同じ臭《にお》いがするよね」

「うああああああ！」

「ブラッド！　あれはロザリーが言ったんじゃないわ、体を乗っ取られて言わされてるだけよ！　信じないで！」

泣き顔で頭を抱《かか》えるブラッドを見て、私はこの悪魔に恐怖《きょうふ》を覚えた。

この悪魔はマズい、凄《すご》くマズい！

早く倒さないと大変な事に……。

「ウィズもさ、よくあたしの前で肩《かた》を揉《も》みほぐしてたりするけど、アレって凄くイライラしてたんだよね。そんなに胸が重いのか、あたしへの当てつけかって……」

「ロロロ、ロザリーはそんな事言う人じゃないから！　その体から出ていきなさい!!」

少し動揺《どうよう》してしまったが、相手はロザリーの体を乗っ取っている。

魔法を使って止めるわけにも……！

と、その時だった。

「うむうむ、二人ともなかなかの美味なる悪感情！　どれ、次はどんな事をして悪感情を食《く》らおうか……**（仮にもエリス教徒のアークプリーストが、悪魔にいつまでも好き勝手やらせてたまるもんですか！　ブラッド！　ウィズ！　あたしの体ごとロープで縛《しば》っちゃって！）**……む？　なかなかの精神力だな、さぞかし激しい痛みが襲っているだろうに」

ロザリーの体を乗っ取っていたバニルの口調に変化があった。

おそらく、ロザリーが体の支配を取り戻そうと抵抗しているのだろう。

それを聞いたブラッドが武器を捨てて駆《か》けだした。

「ウィズ、スリープかパラライズの魔法を頼《たの》む！　俺はロザリーの体を押さえるから……」

そしてそこまで言った時、バニルの次の行動に足を止める。

「おおっと、それ以上近づくと一歩ごとにこの娘《むすめ》の服が一枚ずつ（**いやああああああ何してんのあんたああああああ！**）」

私達の目の前でバニルが服を脱《ぬ》ぎだした。

身に着けていたスカートを投げ捨てて、次は上着へと手を掛《か》ける。

「ロザリー、おお、俺は一体どうしたら……！」

「（**とりあえず目を瞑《つぶ》ってくれる!?**）よし、優《やさ》しい我輩が汝にこんな事を言ってやろう。そのまま仲間があられもない姿になっていくのを大人しくそこで見ているのだ。目を閉じたりすればこの娘がどうなるか（**やあああああ！　いやあああああ！**）」

最低の脅《おど》しをしながら上着に手を掛け、口元を歪《ゆが》めるバニル。

「くっ、ロザリーが人質《ひとじち》に取られている以上仕方ない！　目を離《はな》すわけにも……」

「（**目を離していいよ！　悪魔に性別は無いんだし、ブラッドさえ見なきゃ何も問題無いんだから！**）よし、これはサービスだ。ほうら、こんな扇情的《せんじょうてき》なポーズを（**やめてええええええええ！　あんた絶対に祓ってやるから！　祓ってやるからっ！**）」

地面にお尻《しり》を付けて大股《おおまた》開きを始めたバニルに、ブラッドの視線が釘付《くぎづ》けになる。

バニルが遊んでいるその隙に、私は詠唱していた魔法を発動させた。

「『スリープ』！」

それと同時にバニルがガクンと地に膝《ひざ》を突《つ》き、

「む……。本体の方が眠《ねむ》りに就《つ》いてしまったか」

そう言って仮面を外すと地面に向けてポイと投げた。

横たわるロザリーにブラッドが駆け寄る中、バニルは地面から土を吸い上げ体を成す。

ブラッドがロザリーを回収したのを確認《かくにん》し、私は魔法を詠唱すると――！

「今日は引かせてもらうけど、また来るわ！　魔王軍幹部、バニル！　あなたは絶対に仕留めてみせるから！」

「うむうむ、その心意気や良し。今日もなかなか美味な悪感情だったぞ」

「『テレポート』ッ！」

ロザリーを抱《だ》きかかえて帰ってきたブラッドと共に、私は転移魔法で帰還しようと……したその時。

やはり最後の最後に、この悪魔は余計な事を言ってきた。

「ではな、生真面目《きまじめ》な性格や張り詰《つ》めた表情から他の冒険者に怖《こわ》がられ、老後は一人になるのではとちょっと焦《あせ》っている魔法使いよ。また来る事を期待しているぞ！」

その言葉を聞き終えると同時、私達の前には見慣れた拠点が広がっていた。

俯《うつむ》いたままの私に向けて、ブラッドがおそるおそる言ってくる。

「……焦ってたのか？」

あの悪魔、絶対に許さない！

5

――そこまで長々と語ったウィズはお茶をすすって息を吐《は》く。

「……とまあそんな事がありまして。それから毎週の様にバニルさんの所に通ってましたね。ある時は、また体を乗っ取られたロザリーがブラッドの前で変な踊《おど》りを踊らされ、そうかと思えばバニルさんが私の姿を模してブラッドを口説き始めたり……」

そう言って、懐《なつ》かしそうな表情を浮《う》かべ微笑《ほほえ》むウィズ。

「ねえ、今から私がこの悪魔を退治してあげようか？」

そんなウィズを見ながら物騒《ぶっそう》な事を言い出す女神《めがみ》。

「昔の事ですからもう気にしてませんよアクア様。それに、その後も色々ありましたからね。ちょっとやり過ぎだとも思いましたが……」

「あの時の事は謝らんぞ。我輩は正当防衛と言う名の嫌《いや》がらせを行っていただけだからな。

物理的な被害《ひがい》を与《あた》えなかっただけ良心的だと言えるだろうて」

「毎回テレポートで撤退《てったい》する度《たび》に、ロザリーやブラッドがどんどんやさぐれていったんですからね？　あの二人はきっと今でもバニルさんの事を根に持ってますよ？」

ウィズはそう言いながらもくすくすと小さく笑う。

「まったくこの子ったらお人好《ひとよ》しなんだから。でもウィズってば、昔は本当に凄かったのね。口調も性格もイケイケだったみたいだし話を聞いてて軽く引いたわ。今はこんなんですけど」

「こ、こんなん……」

少しだけへこむ店主を尻目《しりめ》に。

「今でこそ何をしても赤字しか生み出さないというニートを上回るこんな穀潰《ごくつぶ》し店主であるが、昔は名うての武闘派《ぶとうは》だったのだぞ。魔王《まおう》軍の間でも店主の所属するパーティーは名前が知られていてな。それはもう高額の懸賞《けんしょう》金が掛けられておったわ」

「……ねえ、そのウィズに掛けられた懸賞金ってやっぱりもう無効なのかしら？」

「アクア様⁉」

「残念な事に無効であるな。そうでなければ我輩が放《ほう》っておくはずがなかろうて」

「それもそうね」

「バニルさんまで！　今の私は、ただの善良なリッチーですから！」

必死に訴《うった》えかけてくる涙目《なみだめ》店主を見ていると、あの頃《ころ》の優秀《ゆうしゅう》そうな店主はどうすれば帰ってくるのだろうかと考えてしまう。

「昔は、氷の魔女などという恥《は》ずかしい二つ名まで持っていたものなのだがなあ……」

「何それ格好良い、ウィズってば魔女だったの？　氷の魔女だったの？」

「もうやめてください、その話はいいじゃないですか！」

恥ずかしそうに顔を覆《おお》う店主を見て、女神は我輩の肩をゆさゆさと揺《ゆ》らしてきた。

「続き続き！　ねえ話の続きをしなさいよ！　そこからどうやってあんたが退治されたのかとか、どうしてウィズがリッチーになったのかとか！」

「今話してやるから慌《あわ》てるな、鬱陶《うっとう》しいわ！　そもそもなぜ善良な我輩が退治されねばならぬのだ！」

女神の手を振《ふ》り払《はら》い、我輩はあの時の事を思い出す。

「……毎週の様に我輩の下《もと》に武闘派店主が通い続け、すっかり我輩にとっての暇潰《ひま》し相手になっていたのだが。ある日、この欠陥《けっかん》店主がやらかしおってな」

今思えば、ウィズはあの時から欠陥店主の片鱗《へんりん》を見せていたな――

6

——暇を持て余していた我輩《わがはい》は、もはや恒例《こうれい》行事と化したウィズという勝ち気な魔法使いとの戦闘《せんとう》を、今日もまた楽しんでいた。

「勝負よバニル！　今日こそはあなたを倒《たお》し、仲間の下に行かせてもらうわ！」

相変わらず二人の仲間を連れたウィズが、我輩に指を突《つ》き付けながら宣言する。

「そのセリフは先週も聞いたな」

「……『カースド・クリスタルプリズン』！」

なかなか沸点《ふってん》が低いらしいウィズは問答無用で魔法を唱える。

我輩は向かいくる魔法に対し、自らの片腕《かたうで》を外し放り投げた。

魔法が着弾《ちゃくだん》すると同時、我が片腕が凍《こお》り漬《つ》けになる。

「これは見事なオブジェだな。良かったな短気魔道士よ、これを持ち帰って悪魔族に売れば、きっと高値が付く事であろう」

「またバカにして！」

高値で売れるのは本当の事なのだが、ウィズはからかわれたと取った様だ。

今日も悪感情が美味である。

「ねえウィズー、もうコイツには関《かか》わらないでおこうよ。これ、あたし達の手に負える相手じゃないって」

「ロザリーの言う通りだ、何ていうかこう、この悪魔は色々と反則だ。俺にはどうやっても倒せるイメージが湧《わ》かないぞ」

仲間二人が止める中、ウィズは不敵な笑《え》みを浮かべて言った。

「大丈夫《だいじょうぶ》。私が何の考えも無しに来たとでも？」

ウィズが懐《ふところ》から取り出したのは一枚のマジックスクロール。

表面にビッシリと刻まれた魔法文字から、それが強力な品である事がうかがえる。

「これは何者も抗《あらが》う事の出来ない強制テレポートのスクロール。転移先は王都の地下にある牢獄《ろうごく》よ。あそこに入れられた者は、たとえ悪魔だろうが大魔法使いだろうがそう簡単には逃《に》げられないわ」

勝ち誇《ほこ》った様に宣言するウィズに対し、二人の仲間がぽんと手を打った。

「なるほど。ここに来る前に王都のお偉《えら》いさんに面会してたのは、地下牢の使用許可をもらってたのか」

「さすがウィズ、そのスクロールでアイツを飛ばして閉じ込めちゃおうってわけね！」

感心する二人の前で、スクロールを構えたウィズはこちらへジリジリとにじり寄ってきた。

「これは、発動と同時に半径一メートル以内にいる生物を強制的に転移させる効果を持っているわ。逃げられると思わない事ね！」

勝ち誇った様に言ってくるウィズに対し、我輩は抗うでもなくその場に留《とど》まる。

ウィズはいつでもスクロールを広げられる様、両手でしっかりと構えながら、そんな我輩に距離《きょり》を詰めると。

「食《く》らいなさい！『テレポート』ッッッ！」

叫《さけ》ぶと同時にスクロールをバッと広げ――！


我輩の前から姿を消した。


「「ウィズ!?」」

突然《とつぜん》姿を消したウィズを見て、仲間二人が驚《おどろ》きの声を上げた。

「悪魔というのは元々地獄に本体があってな。この世界に顕現《けんげん》する際には何らかの方法で作った体に、精神のみを取り憑《つ》かせる必要があるのだ」

語り始めた我輩に、二人は戸惑《とまど》いの表情ながらも耳を傾《かたむ》け。

「つまりこの世界においての我輩は、厳密に言うと生物ではない。先ほどあのポンコツ魔道士はスクロールを指してこう言ったな。『半径一メートル以内の生物を強制的に転移させる』と」

「「あっ！」」

結果、半径一メートル以内にいたウィズという生物だけが、王都の地下牢に閉じ込められる事になった。

「お前達のリーダーは面白《おもしろ》すぎるにもほどがある。毎度我輩を笑わせに来ているのか？……ここから地上まで、貴様ら二人で帰れるか？」

「「……頑張《がんば》ります」」

どことなく疲《つか》れた表情の二人の仲間はポンコツ魔道士を迎《むか》えに行った。

そして、しばらく経《た》ったまたある日。

「――バニル！　今日こそは！　今日こそはあなたを退治させてもらうわ！」

「また来たのかうっかり魔道士」

「う、うっかり魔道士……!? ブラッド、ロザリー。持ってきたアレを用意して！」

ウィズが我輩の真正面に立ち塞《ふさ》がると、残りの二人が我輩を取り囲む様にして三角形の陣形《じんけい》を作る。

三人は何かの魔道具を取り出すと、それを地面に叩《たた》き付けた。

すると我輩を閉じ込める形で三角形の結界が出来上がる。

「これはわざわざ紅魔族《こうまぞく》の里に行って仕入れてきたとっておきの魔道具よ！ 非常に高価な代物《しろもの》だけれど、これを使って閉じ込められた者は何者も逃げられず、しかも攻撃《こうげき》も通さない！ それが一月《ひとつき》近くも効果が持続する、とんでもない優《すぐ》れものよ！」

それを聞いた我輩は結界に近寄りつついてみる。

なるほど、これは破壊《はかい》するのに難儀《なんぎ》しそうな結界だ。

恐《おそ》らくはこれを手に入れるために凄《すさ》まじい大金が掛《か》かった事だろう。

「これであなたは私達に攻撃も出来ず逃げる事も出来ない。それに対して私達は、安全な結界の外から休憩《きゅうけい》を挟《はさ》んで魔力を回復し、一方的にあなたを狩《か》るだけ！ さあ、ロザリーお願い！」

今までの我輩の行動がよほど腹に据《す》えかねていたのか、ウィズが勝ち誇った表情で宣言する。

しかし……。

「ねえウィズ、これってどんな攻撃も通さないし何者も逃げられない結界なんだよね？　あたしの魔法ってこの中にいるバニルに通じるの？」

ロザリーが発した言葉を受けて、ウィズは勝ち誇った顔のまま固まった。

我輩はゴロンと地面に寝転《ねころ》がると。

「なるほど、血に飢《う》えた凶暴《きようぼう》な冒険《ぼうけん》者から我輩を守るため、わざわざ大枚をはたいてこの様な物を買ってきてくれたのか。なら、その好意に甘えてしばしのんびりさせてもらうとするか」

「ぐううううう！」

右腕《みぎうで》を枕《まくら》に横たわる我輩を見て、悔《くや》しげに歯ぎしりしながらガリガリと結界を引っ掻《か》くウィズ。

「ウィズ……。お前はたまに、賢《かしこ》いのかバカなのか分からない時があるよ……」

「ねえウィズ、この魔道具を手に入れるのに持ってたお金の大半を使ったって言ってなかったっけ？　生活費は大丈夫？　あたし、お金貸そうか？」

仲間に同情されるウィズを尻目に、わざわざ目の前まで移動した我輩はこれ以上にない無防備な姿を見せ、わざと欠伸《あくび》をして挑発《ちようはつ》する。

「この結界内は予想外に居心地《いごこち》が良いな。汝《なんじ》らも一緒《いっしょ》にどうだ？　……おっと残念、この中には入れなかったのだな、失敬失敬！」

「あああああああ！」

悔しげにバンバンと結界を叩き続けるウィズを見て、ブラッド達が引いている。

ううむ、ウィズから溢《あふ》れる悪感情が実に美味だ。

「おい落ち着けウィズ、いつもクールな氷の魔女の面影《おもかげ》もないぞ」

「今日のところは帰ろう？　この結界の効果は一月はあるんでしょ？　だったらしばらくはどうにも出来ないし、その間にもう一人の幹部を倒しに行こう？　ユキノリとカレンの二人が予想外に苦戦してるみたいだし」

これ以上は無駄《むだ》だと判断したのか、仲間二人が止めに入るが。

「ほう、汝には氷の魔女などという格好良い二つ名があるのか。その実力には興味があるな！　どれ、我輩は何の抵抗《ていこう》もしないので、一つその力を見せてくれぬか」

「『ライト・オブ・セイバー』ッッッ！」

切れたウィズが魔法を唱えて斬《き》り掛かるが、結界には小さな傷が付くだけで我輩には届かない。

「フハハハハハハ！　氷の魔女などとクールを思わせる通り名なクセに、毎度毎度我輩を楽しませる事にかけてはたぐいまれな才能を発揮する面白魔道士よ！　今日のところはこれぐらいで許してやるから、また一月後に来るがよい！」

「魔王軍幹部バニル！　一月後を覚えてなさいっ！」

唇《くちびる》を噛《か》んで悔しげに涙《なみだ》を浮《う》かべていたウィズは、捨て台詞《ぜりふ》を残し、今日もまたテレポートで帰っていった。

──面白魔道士が泣きながら帰ってからおよそ一月が経ったある日。

「ドカーン！」

「ひゃあああああああ!?」

宝箱から飛び出した我輩に、通りすがりの冒険者達が悲鳴を上げる。

我輩を一目見たその者達は、しばし呆然《ぼうぜん》と固まると。

「バ、バニル！　魔王軍幹部、バニルだあああああ！」

「きゃああああああ！　置いてかないで、待って！　待ってえええええ！」

「急げ、早く逃げるぞ！」

「うあああああああ！　待ってくれ、待ってくれえええええ！」

……ううむ。

「なんというかこの、開けてびっくりバニル箱作戦は上手《うま》くいかぬな。今のところ、我輩《わがはい》の事を恐《こわ》がりもせずに突《つ》っかかってきたのは、あの面白魔道士《まどうし》達だけではないか」

泣きながら逃げた冒険者達を見送りながら、我輩は一人呟《つぶや》いた。

そういえば、そろそろあの面白魔道士が来る頃《ころ》か。

今回は一体どんな事をして楽しませてくれるのだろう。

いや、今度は我輩の方から色々やってくれようか。

そうだ、確かあの面白魔道士は大半の金を使い果たしたと聞いたからな。

深手を負ってダンジョンに置いていかれたという設定の冒険者にでも化けて救助を求め、パーティー入りを果たした後、奢《おご》るから礼をしたいと申し出て高級料理店へとあやつを誘《さそ》う。

やがて我輩だけ華麗《かれい》に食い逃げし、泣きながらなけなしの金を払《はら》う赤貧魔道士の前に再び現れこう言うのだ。

『氷の魔女様が食い逃げですか？　相手が悪魔でもよいのなら、この我輩が奢ってやろうか？』と。

よし、これでいくとしようか！

「――魔王軍幹部、バニル。……今日は本気で戦ってもらうわ」

それは我輩が深手を負った冒険者に化け、死んだふりをしていた時だった。

冷たく、それでいて鋭《するど》い目付き。

まさしく氷を思わせる重苦しく冷たい雰囲気《ふんいき》に、我輩はやれやれと身を起こす。

「今日はいつになくやる気ではないか氷の魔女よ。どうした？　金欠を拗《こじ》らせて、とうとうなりふり構っていられなくなったのか？」

「『カースド・クリスタルプリズン』」

からかう様に言った我輩に、ウィズは魔法で返してくる。

咄嗟《とっさ》にその場を飛び退《の》くも、避《よ》けきれなかった右足がみるみるうちに凍《こお》り付いた。

「また唐突《とうとつ》なご挨拶《あいさつ》だなぼっち魔道士よ。今日は仲間はおらぬのか？」

凍った右足をポキンと切り離《はな》し、地面からにょきにょきと足を生やす。

――そう、今日のウィズは一人だった。

いつも傍《そば》にくっついていた二人はおらず、軽口を叩かれたウィズはといえば張り詰《つ》めた雰囲気を崩《くず》さない。

「残念だけど、今日は遊んでいられないの」

ウィズは冷めた表情で言い放つと、懐《ふところ》から小さな結晶体《けっしょうたい》を取り出した。

その結晶体には見覚えがある。

確か使用者の寿命《じゅみょう》を燃やし、一時的に膨大《ぼうだい》な魔力を得られる禁断の……。

我輩が結晶体の正体を見抜《みぬ》くと同時。

これこそが本当の戦闘《せんとう》の幕開けだとばかりに、裂帛《れっぱく》の気合いを込めてウィズが叫《さけ》んだ。

「『インフェルノ』ーッッ！」

7

——一体どれだけの時が経ったのだろうか。

「『カースド……ライトニング……』」

か細い声でウィズが呟き、かざした右手に光が灯《とも》る。

だがその手から闇《やみ》色の電撃《でんげき》が放たれる事はなく、ウィズは力なくその場にくずおれた。

凄まじいまでの魔法の乱打でダンジョン内はすっかり荒《あ》れ果て、整えられていた通路の壁《かべ》は自然の洞窟《どうくつ》の様に土が剝《む》き出しにされていた。

「まったく、また随分《ずいぶん》と暴れてくれたものだ。もう少しで残機が減るところであったわ」

躊躇《ちゆうちよ》無く己《おのれ》の寿命を賭《か》けたウィズに我輩は若干呆《じやっかんあき》れながら呟いた。

この数百年においてこれほどまでに追い詰められたのは初めてだった。

人間相手には力を振《ふ》るわない我輩だったが、今回ばかりはそうも言ってはいられなかったのだ。

幾度《いくど》となくウィズの魔法を撃《う》ち落とし持てる結晶体や魔道具の全《すべ》てを消費させたが、まさか我輩を倒《たお》すため、対悪魔用の呪《のろ》いまで習得してきたとは恐れ入る。

悔しげに唇を噛んだウィズは、魔力を使い果たしたためか、地面に座り込んだままこちらを見上げ。

「なんてデタラメな悪魔なの……？　ありったけのマナタイトにスクロール、おまけに禁制の品まで使ったのに。あなたを滅《ほろ》ぼすにはどうすればいいの？」

「我輩の残機を削《けず》るなら、爆裂《ばくれつ》魔法でも覚えるのだな」

冗談《じょうだん》めかしたその言葉にへたり込んだウィズが笑う。

もちろんそんなネタ魔法を覚える物好きなどいるはずがない。

無限に近い寿命を持つ、邪神《じゃしん》やアンデッドといった連中ならともかく、ここまでレベルが上がってしまったタダの人間が今更《いまさら》習得出来るはずもない。

それが分かっているウィズは力なく微笑《ほほえ》むと。

「そうね……。次に覚える魔法は爆裂魔法にしましょうか。もし、次があるのなら」

そう言って何かを取り出した。

それは一枚の紙だった。

この激しい戦闘の最中でも傷が付いた様子もない。

となれば、何らかの保護魔法が使われた代物《しろもの》だろう。

ウィズは我輩にそれを差し出すと、そのままそっと目を閉じた。

なんとなく興味を惹《ひ》かれ、その紙を受け取ると……。

「……契約書《けいやく》？」

紙に書かれていた内容は悪魔と契約を交《か》わす物だった。

そこには自らの魂《たましい》を対価とし、仲間に掛《か》けられた呪いを解いて欲しいとある。

「これは一体何のつもりだ？」

悪魔と契約を交わすのは簡単な事ではない。

まずは悪魔に認められ、その上で相手が望む代価を払わなければ成立しない。

「契約を交わすには、私では力不足？　それなりに実力を示せたと思うのだけれど……」

つまり、この戦闘は我輩に力を認めさせるため、命懸《いのちが》けで仕掛《しか》けたものだという事か。

「人間にしてはやるではないかというのが本音だ。……しかし、契約内容がよく分からん。汝の魂と引き替《か》えに呪いを解けだと？」

我輩の問い掛けに、ウィズは淡々《たんたん》と語り出す。


――それはとても単純な話だった。

我輩が一月《ひとつき》ほど結界内でゴロゴロしていたその間に、ウィズ達は別に請《う》けていた魔王の幹部の討伐《とうばつ》に向かった。

その幹部との戦闘は苛烈《かれつ》を極《きわ》め、相手に大きな深手を負わせたものの、代わりにその場の全員が死の宣告の呪いを受けた。

彼らに残された猶予《ゆうよ》は一ヶ月。

王都で最も高レベルなアークプリーストの力を以《もっ》てしても、その呪いを解く事は叶《かな》わなかったらしい。

ウィズを除く仲間達は、残された時間を有意義に使うため、思い残す事のない様に一日一日を大切に生きているらしい。

そしてただ一人。

ウィズはといえば――


「せめて仲間の命だけでもと、単身ここに来たわけか」

「取り逃《に》がした魔王の幹部を倒して呪いを解く事も考えたけど、魔王城に逃げられてしまったから……。それで、私の命は対価として釣《つ》り合わない？」

半ば諦《あきら》めた様な表情で、ウィズはそう言って自虐的《じぎゃくてき》な笑《え》みを浮かべた。

仮にも我輩と良い勝負が出来るアークウィザードだ。

禁制の魔道具で大きく寿命が削られた自らの命と、この願いの対価が釣り合わない事くらいは既《すで》に分かっているのだろう。

言ってみればほとんど結果が見えている賭けに出たのだ。

氷の魔女などと呼ばれながら、根っこのところは不器用な優《やさ》しさを持つ魔法使い。

我輩は、ここ数ヶ月の間ずっと楽しませてくれた魔法使いに――

「無論、釣り合うわけがない」

キッパリとそれを告げた。

当のウィズはといえば、その答えを分かっていたのか小さく頷《うなず》き儚《はかな》く笑う。

「我輩は地獄《じごく》の公爵《こうしゃく》。魔王より強いかもしれないバニルさんと呼ばれる者にして七大悪魔の第一席。禁制品で削れた残りカスの様な魂など釣り合うわけがなかろうて」

それを聞きながらウィズが苦笑《くしょう》し、

「だが、一つだけ手が無い事もない」

続く我輩の言葉に固まった。

「そ、それは……？　ここまで期待を持たせておいて、『残念！　そんなものはありませんでした！』とか言い出したらなにがなんでも刺《さ》し違《ちが》えるわよ？」

一瞬《いっしゅん》それを言ってみたい衝動《しょうどう》に駆《か》られるが、禁制品を限界以上に使ったウィズはあまり長くは保《も》たないだろう。

我輩はニヤリと口元を歪《ゆが》めると。

そう易々《やすやす》と人の名を呼ぶ事のない我輩は——

「汝《なんじ》は、名をウィズといったな」

――初めて認めた人間に。

「我輩《わがはい》は仮にも悪魔《あくま》。ゆえに、その手段は真っ当なものではないぞ。汝、それでも我輩に縋《すが》るのならば――！」

8

ウィズと別れて一週間が経《た》つ。

あの面白《おもしろ》魔道士に教えたのはとある禁断の秘術だった。

もしその秘術に成功したなら、代価としてある願いを叶えて貰《もら》う事を要求してある。

それは我輩が持っている夢の中で最も大きな物だった。

ダンジョンを造る事の出来ない我輩一人では、決して叶える事の出来ない大きな夢。

それが叶う事を願いながら、とっておきの秘術を教えたのだが……。

まあ、我輩が教えたのはよほどの実力者でなければ扱《あつか》えない様な、数百年前に封《ふう》じられた禁呪《きんじゅ》である。

普通《ふつう》に考えれば寿命も尽《つ》きかけたあの状態で禁呪に成功するとは思えない。

ダメで元々、成功すればしめたものと、軽い気持ちで教えたのだが――

あれからというもの、ダンジョンに籠《こ》もって冒険《ぼうけん》者をからかうのも、どうにも飽《あ》きてしまっていた。

あんな面白魔道士の悪感情を味わった後では気分が乗らないのも仕方が無いのかもしれぬ。

今頃《いまごろ》あの魔道士はどこぞで野垂れ死んでいるのであろうか。

それとも、禁呪という事で行使するのを悩《なや》み、そのまま人として死んでいく事を選んだのであろうか。

我が見通す力を使えばあれからどうなったかなどすぐ分かる。

だが、なぜか力を使う気にはなれなかった。

そんなわけで、現在我輩が居るのは魔王城の最上階。

その最上階の魔王軍の中でも精鋭《せいえい》が詰《つ》める部屋の中、優雅《ゆうが》な食事を終えた我輩は、何をするでもなく暇《ひま》を持て余していた。

――と、その時だった。

「大変だ！　おいお前ら大変だ！　ただちに戦闘準備を調《ととの》えて……！」

そこに飛び込んできた大柄《おおがら》な鬼《おに》が、

「何事だよこれは⁉」

魔王軍の精鋭達が虚《うつ》ろな目で膝《ひざ》を抱《かか》えて蹲《うずくま》る姿を見て甲高《かんだか》い悲鳴を上げていた。

食後のまったりとした空気を邪魔《じゃま》され、我輩は若干の不機嫌《ふきげん》さを滲《にじ》ませながら鬼に問う。

「いきなり飛び込んできたかと思えば何なのだ。こやつらは我輩の美味《おい》しい昼ご飯になってもらった。具体的にはこやつら好みの美女に化け、散々甘やかしてやった後ネタばらしをしたらこうなった」

「何て事するんですかバニル様！　あれほど城の連中の悪感情を食《く》らうのは止《や》めてくださいとお願いしてあるのに！」

「悪魔の我輩にそんな事を言われても。それよりどうした？　魔王のヤツが老衰《ろうすい》でぽっくり逝《い》ったか？　あいつもそろそろ年だからな」

「縁起《えんぎ》でもない事言わんでください！　侵入者《しんにゅう》ですよ侵入者！　城の者が迎撃《げいげき》に出てますが次々に返り討《う》ちにされてるんです！」

この頑強《がんきょう》な城に侵入者とは珍《めずら》しいな。

だが……。

「それなら、今日は城に幹部連中が何人も残っておったはずだろうが。日頃無駄飯食《ひごろむだめし》らいな連中なのだ、こんな時にこそこき使ってやるが良い」

「それはバニル様にこそ一番言いたいんですがねえ！」

鬼のわめき声を聞き流し、何となく侵入者とやらに興味を惹かれた我輩は、たまに城内に轟《とどろ》く爆音《ばくおん》の方に向かう事にした。

「城の結界はどうした？　アレはおいそれと破れる物ではないはずだが」

後を付いてくる鬼に問うと、予想外の答えが返ってくる。

「そ、それが、侵入者は恐《おそ》ろしいまでの魔力を有する魔法使いでして……。ライトオブセイバーの魔法で強引《ごういん》に斬《き》り開いて押し入った様です」

……あの結界を力業《ちからわざ》で斬り開く？

そんな事はたとえ魔力溢《あふ》れる紅魔族《こうまぞく》ですら無理だと思うのだが……。

というか、何かが引っ掛かる。

「侵入者は魔法使いと言ったな？　相手は一人か？」

「一人です！　魔法攻撃《こうげき》に強い幹部のハンス様が魔王城一階の大広間で迎《むか》え撃《う》ったのですが、氷漬《こおりづ》けにされ戦闘《せんとう》不能になりました。続いて、同じく魔法に対して強い抵抗《ていこう》力を持つシルビア様が迎撃に向かったのですが……」

魔法に強いデッドリーポイズンスライムのハンスを撃退？

我輩は一抹《いちまつ》の期待を込めその先を促《うなが》した。

「結果は？」

「それが、シルビア様にはあまり魔法の効果がないと見てとった侵入者は、何を考えたのか無造作に突《つ》っ込み、その体に触《ふ》れたかと思うとシルビア様がみるみるやつれ、ハンス様と同じく戦闘不能に……！」

間違《まちが》いない。

「確かこの下の階で首無し中年が養生していたな。侵入者の目的地はおそらくそこだ、付いてこい」

「首無し中年とはもしかしなくともベルディア様の事ですか？　あっ、バニル様危険です！　これ以上幹部の方に倒《たお》れられるわけにいきません、自分が先行しますから！」

青ざめた顔の鬼は我輩の前に立つと、階下を目指して歩み始める。

「ちなみに侵入者は女か？」

「はい、相手は茶髪《ちゃぱつ》の女魔法使いで……！　……バニル様、侵入者の事を知っているんですか？」

我輩はその疑問に答える事なく無言で進み、やがて階下に到着《とうちゃく》する。

と、その時だった。

「わ、分かった！　よーし落ち着け、呪《のろ》いだな!?　お前がここにやって来たのは俺が貴様の仲間に掛《か》けた、死の宣告を解くためだろう!?　この魔王城の奥深くまで単身乗り込んできた度胸を讃《たた》え、仲間の呪いは解いてやろう！　だから、今日のところは引き分けという事で……ひあああああああああー！」

そんなベルディアの声と共に、ベルディアの居室から魔法が炸裂《さくれつ》する音が聞こえた。

それと同時に辺りから悲痛な悲鳴が次々上がる。

「ベルディア様までやられた！　なんなんだあいつは！」

「知ってる！　俺、あいつの事知ってるぞ！　懸賞《けんしょう》金を掛けられた凄腕《すごうで》冒険《ぼうけん》者パーティーのリーダーだ！」

それは深手のベルディアを守るために集まって来た魔王軍兵士の声。

兵士達は悲鳴が上がったベルディアの部屋から距離《きょり》を取り、遠巻きに様子を窺《うかが》っている。

「バニル様、ありゃマズいですって！　あの魔法使い、なぜか魔力切れも起こさないんですよ!?　ここは他《ほか》の兵士達と一緒《いっしょ》に取り囲んで一息に仕留めましょう！」

我輩は鬼の言葉を聞き流し、無造作に部屋の前に近付くと。

「……また随分《ずいぶん》とスッキリした顔をしているな面白魔道士よ」

「面白魔道士はやめてくれません？　人を辞《や》めた今となっては、私はもう冒険者じゃありませんしね」

焦《こ》げ付いた部屋から出て来たのは紛《まぎ》れもないあの魔法使い。

やけに顔色がツヤツヤしているのは、新たに得たスキルを使い、ここに来るまでにこの城の兵士達から魔力や体力を吸いまくってきたからだろう。

我輩は、なぜかこみ上げてくる笑いを口元だけに留《とど》めながら。

「ならここは、初めましてと言った方が良いか？」

常に張り詰めていた雰囲気《ふんいき》が無くなり、憑《つ》き物が落ちたかの様に爽《さわ》やかな顔のウィズは、そうですねと小さく呟《つぶや》き。

「初めましてバニルさん。駆け出しリッチーのウィズです」

満面の笑《え》みを浮《う》かべると、その口調までをも穏《おだ》やかに変え言ってきた。

「あなたとの約束を果たしに来ました！」

エピローグ

「——こうしてリッチーとなった新生店主はその後魔王《まおう》のヤツに頼《たの》み込まれ、暴れに暴れた詫《わ》びとして結界の維持《いじ》だけ行うなんちゃって幹部になったのだ。仲間に掛けられた死の宣告は解呪《かいじゅ》出来たものの、人の身でなくなってしまった人外店主は冒険《ぼうけん》者を引退し、仲間達と初めて出会ったこの街に店を構え、戦いに疲《つか》れたらいつでも遊びにきて欲しいと告げ、皆の帰りを待つ事にしたのだ。風の噂では大物賞金首との激戦の果てに亡《な》くなってしまった者もいる様だが、健気《けなげ》な店主はそれでもなお、今もこうして待ち続けている」

「バ、バニルさん……」

「やがて元武闘派《ぶとうは》店主はすっかり丸くなり、今では口調も大人しくなってご覧の有様である。あの時の、『あなたとの約束を果たしに来ました！』との言葉はどこに行ったのか。本当に、あの頃《ころ》の自らを律してキリリとしながら真っ直《す》ぐ前を向いていた凄腕魔道士はどこへ消えてしまったのか……」

「バニルさん、バニルさん……」

長い話を語り終えた我輩《わがはい》にウィズが困った表情を浮かべ袖《そで》を引く。

「なんだ？　この後は、我輩がいかに魔王の部下をからかい続け面白《おもしろ》おかしく悪感情を食したのかや、窃盗《せっとう》店主が魔王城の宝物を勝手に持ち出し、城内で店を開き魔王のヤツをどれだけ泣かせたかを語ってやろうと……」

「い、いえその、アクア様が……」

ウィズが指す方に目を向けると、そこにはテーブルに突っ伏《ぶ》して気持ち良さそうに眠《ねむ》り、よだれを垂らす女神《めがみ》がいた。

散々昔話をねだっておいて、ちょっと目を離《はな》せばこの有様である。

「……この無防備な状況《じょうきょう》なら、我が必殺の殺人光線で今こそこやつを葬《ほうむ》り去れるのではなかろうか」

「ダメですよ!?　こんなに気持ち良さそうに眠ってるんですからここは寝《ね》かせてあげましょうよ」

相変わらず女神に甘いウィズの姿に我輩は苦笑《くしょう》する。

熟睡《じゅくすい》する女神を見ながら楽しげに微笑《ほほえ》み、幸せそうにお茶をすする姿を見ていると、今日ぐらいは見逃《みのが》してやるかという気分になってしまう。

なにせ今日は店主にとって特別な日になるのだ。

こんな日ぐらいは穏やかに過ごすのも悪くはなかろう。

「バニルさん、何だか機嫌《きげん》が良さそうですね？　というか何かを企《たくら》んでいる時に見せる機嫌の良さです。……どうしたんですか？　今日は一体何をしでかすつもりなんです？」

「我輩を汝《なんじ》らの様なトラブルメーカーと同列に並べるな無礼者め。我輩の見通す力により未来を見てみたところ、今日はこれからちょっとしたイベントが起こるだけだ」

そう、人が驚《おどろ》く姿というのはいつ見ても楽しいものだ。

「ちょっとしたイベント、ですか？　お客さん達が私が仕入れた商品の価値をとうとう理解してくれて、このお店が大繁盛《だいはんじょう》するとか……？」

「それはちょっとしたイベントではなく大事件というのだ」

テーブルに突っ伏し気持ち良さそうに眠る女神を尻目《しりめ》に、我輩はドアに目を向けた。

ウィズも我輩の動作で来客がある事に気付いたのだろう。

同じくドアに視線を向けたウィズの顔に驚きの表情が広がると、やがて懐《なつ》かしそうな表情に、そして穏やかな笑みへと変わっていく。

店に入ってきたのは、小さな子供を抱《だ》いた、見覚えのある二人の元冒険者で——


〈おわり〉

あとがき

まずはこの作品を手に取って頂きありがとうございます。

この本では、普段スポットを当てられないキャラクター達が何をしているのかを描いた物となっております。

ずっと書きたかったバニルとウィズの過去など、色んな裏話をお楽しみ頂ければ幸いです。

まだまだ細かく書きたいキャラクター達もいるのですが、その辺りはまた機会があればという事で！

今回も三嶋くろね先生を始め、担当さんや色んな方々に助けられ、本を出せた事にお礼を申し上げつつ。

そしてなにより、これを読んでいただいた読者の皆様に、深く感謝を！

暁なつめ

本作はザ・スニーカーWEB掲載「この仮面の悪魔に相談を！」を改題・改稿し、書きおろしを加えて文庫化したものです。

この素晴《すば》らしい世界《せかい》に祝福《しゅくふく》を！スピンオフ
この仮面《かめん》の悪魔《あくま》に相談《そうだん》を！

著　暁《あかつき》 なつめ

角川スニーカー文庫　19686

2016年4月1日　初版発行
2016年9月10日　5版発行

発行者　三坂泰二

発　行　株式会社KADOKAWA
〒102-8177 東京都千代田区富士見2-13-3
電話　0570-002-301（カスタマーサポート・ナビダイヤル）
受付時間　9:00～17:00（土日 祝日 年末年始を除く）
http://www.kadokawa.co.jp/

印刷所　株式会社暁印刷
製本所　株式会社ビルディング・ブックセンター

Printed in Japan　ISBN 978-4-04-104293-9　C0193

★ご意見、ご感想をお送りください★

〒102-8078 東京都千代田区富士見 1-8-19
株式会社KADOKAWA　角川スニーカー文庫編集部気付
「暁 なつめ」先生
「三嶋くろね」先生

角川文庫発刊に際して

角川源義

第二次世界大戦の敗北は、軍事力の敗北であった以上に、私たちの若い文化力の敗退であった。私たちの文化が戦争に対して如何に無力であり、単なるあだ花に過ぎなかったかを、私たちは身を以て体験し痛感した。西洋近代文化の摂取にとって、明治以後八十年の歳月は決して短かすぎたとは言えない。にもかかわらず、近代文化の伝統を確立し、自由な批判と柔軟な良識に富む文化層として自らを形成することに私たちは失敗して来た。そしてこれは、各層への文化の普及滲透を任務とする出版人の責任でもあった。

一九四五年以来、私たちは再び振出しに戻り、第一歩から踏み出すことを余儀なくされた。これは大きな不幸ではあるが、反面、これまでの混沌・未熟・歪曲の中にあった我が国の文化に秩序と確たる基礎を齎らすためには絶好の機会でもある。角川書店は、このような祖国の文化的危機にあたり、微力をも顧みず再建の礎石たるべき抱負と決意とをもって出発したが、ここに創立以来の念願を果すべく角川文庫を発刊する。これまで刊行されたあらゆる全集叢書文庫類の長所と短所とを検討し、古今東西の不朽の典籍を、良心的編集のもとに、廉価に、そして書架にふさわしい美本として、多くのひとびとに提供しようとする。しかし私たちは徒らに百科全書的な知識のジレッタントを作ることを目的とせず、あくまで祖国の文化に秩序と再建への道を示し、この文庫を角川書店の栄ある事業として、今後永久に継続発展せしめ、学芸と教養との殿堂として大成せんことを期したい。多くの読書子の愛情ある忠言と支持とによって、この希望と抱負とを完遂せしめられんことを願う。

一九四九年五月三日